TUTTA LA VITA

LETIZIA MEUTI

BOOK EDITORS™
GROUP

Prima Edizione: Marzo 2025

Dedicato a chi ha ancora il coraggio di crescere

INDICE

L'AUTRICE

Letizia Meuti, nata a Roma nel 1982, ha iniziato la sua carriera come articolista per diverse testate giornalistiche online, per poi entrare nel mondo della radio come segretaria di redazione in una stazione sportiva capitolina. Tra il 2017 e il 2020, Letizia ha esplorato il mondo del blogging, lanciando prima un blog di moda e successivamente "Appunti di viaggio", un social-travel blog. Nel 2021, ha fondato e diretto "Roma-News", un quotidiano online indipendente. La sua carriera letteraria prende avvio nel 2024 con la pubblicazione del suo primo romanzo di narrativa contemporanea, "Un Cinese Napoletano". Iscritta alla S.I.A.E. come autrice di opere letterarie (OLAF), "Tutta la vita" segna la sua seconda incursione nel mondo editoriale, consolidando il suo talento narrativo.

PROLOGO

Tu che prendi a calci la notte
Bevi fiumi di vodka e poi ti infili i miei jeans
Tu cominci sempre qualcosa
Poi mi lasci sospesa e non parli di te
Tu ragazzo dell'Europa
Tu col cuore fuoristrada

Gianna Nannini, Ragazzo dell'Europa

Pisa, solstizio d'estate 2024

Il sole era ancora alto e abbracciava nel suo mantello caldo i quattro ragazzi seduti al tavolo dell'appartamento che condividevano, non lontano dal pittoresco quartiere universitario. La discussione si andava facendo sempre più accesa fino a quando Sofia, la più giovane del gruppo, si alzò in piedi di scatto e, rossa in volto, prese la borsa a tracolla e schizzò verso l'uscita, sfogandosi davanti alle facce esterrefatte degli altri.

«Sarete bravi solo voi!».

Il rumore secco della porta rimbombò nell'appartamento: la ragazza era già in strada, sola coi propri pensieri e i mille dubbi che le affollavano la testa. Il progetto a lei caro la stava assillando da settimane e quello scatto d'ira ne era una prova lampante. Era giunta a un bivio: o qualcuno avrebbe finalmente apprezzato il suo lavoro o lei avrebbe dovuto ricorrere a un piano alternativo. La frustrazione parve prendere il sopravvento, soprattutto ripensando ai sacrifici fatti per mettere assieme quell'idea che, giorno dopo giorno, aveva assunto sempre più fisicità e concretezza.

Non poteva mollare, non in quel momento: rabbia, delusione e il solito senso di colpa per aver risposto male alle poche persone che le volevano bene si impadronirono della sua mente, obbligandola a fermarsi all'altezza di un chiosco di bibite. Il caldo afoso le appiccicava maglietta e pensieri in una ragnatela illeggibile: doveva respirare e cercare di ragionare. Facile a dirsi: in ballo non c'era un capriccio di una venticinquenne figlia unica e sognatrice, ma molto di più: l'apertura di una start-up rivoluzionaria che avrebbe cambiato, per sempre, il destino suo e di molti altri. Ore e ore passate tra manuali di tecnologia e scienze applicate non potevano rischiare d'essere spazzate via dalla rabbia e dalla disillusione.

Doveva resistere e contrattaccare.

Si sarebbero accorti di lei, eccome.

Si sfiorò il piercing al naso, solito vezzo di quand'era nervosa e, dopo essersi scolata una coca cola tutta d'un fiato, si rimise in cammino senza una meta precisa: liberare pensieri e gambe era sempre stata l'unica medicina per tornare padrona del proprio corpo e della propria mente. Svoltò per Piazza dei Miracoli, muovendosi a memoria: dopo anni, di quella città conosceva ogni via, ogni stradina e ogni pietra. Non c'erano segreti: solo ricordi e volti. Inspirò in cerca di un refolo fresco che stentò a trovare: la calura era al limite del sopportabile.

Tirò fuori il telefono per controllare le mail, ma nulla di nuovo. Nessuna risposta alle miriadi di mail che aveva inviato per presentare il proprio progetto. "Fanculo a tutti" disse tra sé e sé, imboccando una stradina laterale in cerca d'ombra. Fu in quel momento che il suo sguardo fu attirato da una sagoma longilinea che muoveva lenta e regolare verso di lei. Un brivido la colse, facendole sgranare gli occhi: non poteva essere vero. No, impossibile. Un'allucinazione dovuta al caldo, senza dubbio.

Proseguì, incurante del disagio che sentiva pian piano montare nello stomaco, fin quando i suoi sospetti presero forma: la figura si arrestò a una decina di metri da lei e, dopo essersi sfilata gli occhiali da sole, iniziò a fissarla. Sofia a quel punto trasalì, fissando l'ultimo volto che avrebbe voluto vedere in quel momento, alla stregua di una maschera catapultata da un tempo lontanissimo, che lei aveva cercato di scordare per sempre.

Ricordi e volti, nulla più; e quel volto era così familiare che, per un istante, le si strinse il cuore. Il dolore che aveva dovuto sopportare, rappresentato da quel volto sbarazzino e strafottente che ora aveva di nuovo davanti a sé, la destò, spingendola a parlare per prima.

«Dimmi che è un brutto sogno, ti prego». Il ragazzo si

schiuse in un sorrisetto mellifluo, rispondendole quasi divertito:

«Dipende cosa intendi per brutto.»

«Tutto ciò che ha a che fare con te lo è. Che diavolo ci fai a Pisa?»

«Lavoro. Tu?»

«Ci vivo. A proposito, mi aspettano per un colloquio di lavoro, devo scappare». Non vedeva l'ora di levarselo da davanti: un minuto di più e la sua frustrazione sarebbe esplosa senza freni. Per tutta risposta il ragazzo la punzecchiò prima di salutarla, il che le provocò un fastidio che da tempo non provava.

«Vedo che la fretta non ti ha abbandonato».

La fretta, già: era sempre stata la sua peggior nemica, facendole prendere decisioni avventate, rivelatesi poi sbagliate. Una cattiva consigliera sempre al fianco della giovane, sino a quando, un giorno, l'idea della start-up rivoluzionaria le aveva fatto scattare una molla, aiutandola a riflettere su ogni passo, su ogni azione, su ogni pulsione con maggior coscienza. Nonostante tutto, nonostante le ferite. Da allora, era nata una nuova Sofia. Occorreva solo ritrovarla.

1

Ci vorrebbe il mare che accarezza i piedi
Mentre si cammina verso un punto che non vedi
Ci vorrebbe il mare su questo cemento
Ci vorrebbe il sole col suo oro e col suo argento

Marco Masini, Ci vorrebbe il mare

Pisa

L'appartamento dove vivevano assieme era situato al primo piano di un vecchio ed elegante stabile dei primi del Novecento, poco lontano dalla fervente zona universitaria. Si era trattata di una vera e propria occasione da non lasciarsi scappare: nella fattispecie, fu la mamma di Sofia che bloccò il quadrilocale, grazie all'aiuto di un amico che lavorava nel campo immobiliare. Un sacrificio compiuto di buon cuore, soprattutto per il bene dell'unica figlia e del suo progetto di vita: la avrebbe aiutata e sostenuta con ogni mezzo e in ogni modo.

Dopo un primo periodo durante il quale la ragazza visse da sola nell'agio dei centoventi metri quadri di cui si componeva la casa, si aggiunsero a poco a poco Marta, Luca e Giacomo. I quattro si erano conosciuti all'Università e fin da subito avevano allacciato tra loro un rapporto tanto intimo e forte da spingerli al grande passo: la convivenza. Ora, dopo quasi un anno dall'inizio di quella loro avventura condivisa, sedevano al tavolo al centro del grande *open space* che dava su un terrazzo non da meno: la finestra spalancata faceva entrare l'aria tiepida e profumata che solo il mese di giugno è in grado di regalare nelle ore serali.

Luca e Giacomo stavano scorrendo Instagram ridacchiando tra loro mentre Sofia, assorta come spesso le accadeva, aveva la faccia immersa in un manuale dal titolo *Come aprire una start-up rivoluzionaria in dieci giorni*. Marta, dal canto suo, si era alzata per sparecchiare – quella sera toccava a lei – quando il suo telefonò squillò, facendo lampeggiare sullo schermo il nome "mamma".

«Ciao ma, sto sparecchiando: va bene se ti do trenta secondi?» chiese canzonandola come era solita fare coi suoi, in nome di quella genuinità e goliardia tipicamente toscane che le scorrevano nelle vene sin dalla nascita. Il volto della ragazza, nell'ascoltare la risposta della madre, si schiuse in un sorriso che via via si fece sempre più grande: «Va benissimo ma, lo dico subito ai ragazzi! A presto, salutami papà e Marco». I tre la fissarono interrogandola con lo sguardo, non appena ebbe messo giù.

«Beh?» proruppe Luca.

«Mia madre ci ha appena invitati tutti a Bientina per luglio. L'occasione è di quelle ghiotte, divertimento assicurato.»

«Sarebbe a dire?» chiese Giacomo, distogliendo lo sguardo dal telefonino per incastrare gli occhi nelle iridi nocciola di Marta.

«Il Palio di San Valentino! Dopo quello di Siena, è il più famoso della Toscana. Non potete nemmeno immaginare il delirio. Ci state?». I tre si fissarono per un istante, rimanendo in silenzio. Fu Luca il primo a rispondere, alzandosi in piedi e allargando le braccia con la teatralità che lo contraddistingueva:

«E diamoci 'sta botta di vita!». Giacomo lo seguì a ruota, mimando il gesto di un fantino che tiene le redini del cavallo:

«Tutti al Palio!»

«E tu?» disse Marta inchiodando con lo sguardo Sofia, ancora muta e pensierosa. Questa abbassò gli occhi, rispondendo sottovoce:

«Non lo so, forse è meglio che io rimanga qui per proseguire col progetto.»

«Risposta sbagliata. Tu vieni con noi, senza di te non si va. E poi, siamo tutti convinti che ti farà bene staccare un paio di giorni». Sofia fissò i tre amici concedendo un flebile sorriso, toccandosi il piercing al naso:

«E va bene, vengo. Ma niente sorprese: due giorni e si torna». Marta la abbracciò e prese dal frigo quattro birre, proponendo un brindisi: poche cose la rendevano felice come poter riassaporare i profumi e i colori di casa e, stavolta, poteva farlo in compagnia delle persone con cui stava condividendo vita, sogni e speranze. Per lei Bientina non era solo il luogo dove era cresciuta, ma molto di più: quella comunità di anime nel cuore della Valdera rappresentava le sue origini, delle quali era sempre andata fiera. Dietro ogni albero e seminati in ogni campo resistevano ricordi ed emozioni che la avrebbero accompagnata per sempre. Ritrovarli ogni volta dentro il sorriso dei suoi o dentro un piatto fumante la domenica, per Marta significava dare senso a tutto ciò che stava facendo. Ogni passo, sin dall'adolescenza, l'aveva compiuto circondata dalla vicinanza e dall'amore di mamma Adriana e papà Franco, che seppur coi loro caratteri forti e a tratti burberi, avevano instillato in lei e nel fratello Marco un attaccamento indissolubile a quella terra, a metà strada tra Pisa e Lucca.

Un attaccamento che invece stentava a cementarsi in lei era quello con il fratello minore, Marco: così diversi e simili al tempo stesso da non trovare quel filo invisibile e unico che tesse i rapporti affettivi. Fu così che le energie della giovane, dopo gli studi di Agraria, confluirono nella ferma volontà di aprire un rifugio per animali abbandonati: troppa la passione e, al pari, troppo il dolore subito per la perdita del suo amato cagnolino Bobby, quando ancora era piccola. Ora, però, era pronta a reimmergersi nel Palio, che ogni anno pareva rappresentare per tutti il premio per essere sopravvissuti, per aver pianto, sofferto, lavorato e sognato: la corsa dei cavalli diventava così un rito ancestrale, un passaggio collettivo verso qualcosa di diverso, magari di migliore, proprio come il futuro che la ragazza, prossima ai ventisei anni, immaginava per sé e per il proprio progetto.

Un mare di ricordi, dunque; ma anche un mare di sogni, aspirazioni, emozioni che stava per circondarla: le sarebbe bastato solo assecondare la corrente, lasciandosi trasportare dalle onde.

2

Il mio amore è muto e parla solo coi corvi
I profeti e il sindacato non lo ascoltano più
Ragazzini attenti non battete le mani
Col cianuro nei sogni la visione si sgonfia e cade giù.

Baustelle, La canzone della rivoluzione

Sull'onda dell'entusiasmo per la notizia del Palio, la mattina seguente Marta convinse Sofia ad accompagnarla al *Newroz*, lo spazio autogestito da studenti universitari dove i quattro amici si erano conosciuti e dove, in fondo in fondo, era nata poi l'idea di andare a vivere assieme. L'aria tiepida inebriava quella tarda d'inizio estate, come se volesse dare il benvenuto non solo alla bella stagione ma anche ai sogni delle due ragazze, nonostante Sofia facesse ancora fatica a levarsi di dosso il malumore provocato dall'incontro casuale col suo ex, qualche giorno prima. Camminarono spedite fino a destinazione, dove una volta giunte un'amica di Marta le accolse all'ingresso, riconoscendole:

«Eccole qui le più belle di tutte! Stavo giusto per farmi una birretta, vi unite?»

«E ce lo chiedi pure, Franci?». Le tre si accomodarono al bar, subito dopo l'area concerti che stava giusto iniziando a servire qualche aperitivo. Chiesero da bere, quando un ragazzo sulla ventina coi capelli legati in una coda improvvisata le avvicinò, porgendo loro uno dei volantini che teneva in mano.

«Ciao ragazze, vi rubo un minuto: dopodomani si terrà una manifestazione contro la vivisezione. Ritrovo qui davanti alle 9, poi corteo sul Lungarno fino all'Università. Dobbiamo farci sentire più delle altre volte contro 'sti bastardi! Siete dei nostri?»

«Ma certo!» rispose Marta, bruciando tutti sul tempo sotto lo sguardo sorpreso di Francesca. Da sempre avvezza ai presidi animalisti, pareva non aspettasse altro. Sofia, dal canto suo, iniziò a toccarsi il piercing, poco convinta:

«Mi piacerebbe, ma sono indietro con il progetto e non riesco proprio. E, a dirla tutta, non amo particolarmente stare tra la folla». Marta le fece l'occhiolino in segno di comprensione, decidendo di non insistere: la conosceva bene e già era stato un miracolo che la coinquilina avesse accettato di andare a Bientina. Si rivolse dunque all'altra, avvicinandosi un poco con lo sgabello:

«Franci? E dai, mica mi farai andare da sola?». La ragazza tentennò un istante, imbarazzata, prima di sputar fuori poche parole a bassa voce:

«Va bene va bene, ma solo perché sei tu.»

«Figata! Allora a dopodomani» disse il ragazzo, gongolando dietro la maglietta verde oliva che copriva un fisico tutt'altro che statuario.

«A dopodomani!» rispose Marta urlando, già in clima manifestazione. Dopodiché, rimaste sole, finirono la birra e uscirono per farsi avvolgere dal bacio dorato del sole di giugno. Nel frattempo, pochi isolati più in là, Luca era alle prese con una delle sue giornate no. Si alzò dal divano in preda a un disagio che sentiva mordergli le viscere, intorpidendogli braccia e gambe. La solita ansia da prestazione, fastidiosa compagna di un'intera vita, aveva ripreso a farsi sentire con una certa insistenza da quando aveva ricevuto quella telefonata.

Chiunque l'avrebbe presa diversamente ma lui no, lui era diverso: anche le buone notizie, come quella di un colloquio di lavoro, erano in grado di destabilizzarlo, a tal punto da non fargli gustare appieno le vibrazioni positive che la vita è in grado di regalare. E così, chiuso nella sua tuta da casa rosa e verde, vagava con occhi assenti per la sala, uscendo sul balcone per poi rientrare poco dopo: movimenti precisi, ripetitivi e regolari, nella speranza che la sua mente potesse calmarsi ed essere di nuovo presente a sé stessa. Fu la voce accomodante di Giacomo, che conosceva ormai bene le ansie dell'amico, a destarlo:

«Sai come diciamo noi in Bangladesh quando qualcosa ci agita?». Luca non lo guardò nemmeno, riuscendo solo a sputar fuori poche parole sottovoce:

«Non lo so, spara.»

«Impara ad assecondare la corrente.»

«Facile a dirsi.»

«Anche a farsi, te lo assicuro» replicò suadente Giacomo, invitandolo a sedersi al tavolo: «Ti va di parlarne?». Luca fece cenno di sì e, a poco a poco, si sentì di nuovo padrone della propria testa e, di conseguenza, del proprio corpo. Giacomo era una delle poche persone in grado di entrargli dentro, toccandolo negli angoli più intimi. Non restava che aprirsi:

«La notizia del colloquio mi ha stravolto: ho paura di sbagliare, di non essere all'altezza e, soprattutto, di restarci male. Una delusione in tal senso mi metterebbe ko...»

«È qui che sbagli. La tua mente non deve pensare ad andare contro alle situazioni, ma viverle come se fossero compagne di strada. Non è sempre una gara, una sfida o un'ultima chiamata: sono momenti ed esperienze che aiuteranno a formarti anche come uomo». Luca rimase in silenzio, pensieroso. Quelle parole gli risuonarono in testa, con un rimbombo tale che lo riportò indietro nel tempo, quando aveva dovuto confessare alla sua famiglia la propria omosessualità. Come un lampo gli parve di rivivere ancora sulla pelle i brividi nel pronunciare quelle parole al tavolo di casa e, al contempo, percepì come ancora attuale la sua sorpresa nel vedere il volto di papà Bruno e mamma Clara sereni, comprensivi e vicini. Uno degli esempi di amore e accettazione più belli che la vita gli avesse mai concesso.

Al contrario, furono le espressioni delle due sorelle maggiori che non l'avrebbero più abbandonato. Uno smacco, che in piena adolescenza e in un contesto piccolo come Pontremoli sarebbe presto divenuto argomento di pubblico dominio, rendendo la vita delle due ragazze, al tempo poco più che maggiorenni, un misto di battute, risatine alle spalle e riferimenti al fratello. Fu così che le sorelle, da allora, alzarono un muro nei confronti di Luca e, di fatto, lo esclusero dalle rispettive vite, nonostante i tentativi dei genitori di ricucire un rapporto tra i figli che, purtroppo, non si ricreò mai.

Formarsi, dunque, come uomo: era da lì che Luca doveva ripartire, come suggerito da Giacomo. Nel corso degli anni si era reso conto a proprie spese che la vita non è tutta rose e fiori come se l'era immaginata da ragazzo: dopo gli studi artistici e la laurea in design, era giunto il momento di tirare fuori le unghie o, quanto meno, provare a farsi sentire in un ambiente, quello del design, pieno di squali e prevaricatori. Lui, che non era mai stato un cosiddetto "maschio alfa", si trovava a dover unire il proprio gusto per l'eleganza e le buone maniere con un aspetto che non aveva mai preso in considerazione prima: essere pronto a tutto. Lasciarsi scorrere addosso le paure, i dubbi, le incertezze e persino alcune emozioni era forse l'unico modo per svuotare la mente, lasciandovi così solo l'energia necessaria per centrare il suo obiettivo: lavorare nella moda.

Lui, tanto vicino all'ambiente LGBTQ, avrebbe portato quel valore aggiunto che gli avrebbe consentito di distinguersi. All'alba dei ventisei anni, dinanzi a sé si prospettava la scommessa più azzardata della sua vita: puntare tutto su di sé, al di là delle sorelle, al di là delle delusioni d'amore, al di là della paura. Per un istante si guardò da fuori, dimentico di dove si trovasse e persino di chi avesse a fianco. Fu allora che prese consapevolezza del fatto che, da quel momento in poi, avrebbe contato solo Luca. Lo stesso ragazzo che, da piccolo, vestiva le bambole e si truccava di nascosto in cameretta. Lo stesso sognatore sensibile ed empatico che era a un passo dall'iniziare il percorso che aveva sempre desiderato, andando contro persino ai consigli di mamma Clara, che lo avrebbe preferito architetto.

Quel colloquio rappresentava una porta per il paradiso: era ora di provare quanto meno ad aprirla.

3

Vorrei passare dai dieci ai trenta per non subire questa tortura
Il primo amore, la prima casa, dover vestire quest'armatura
Il primo amico che ti tradisce o che magari tradisci tu
Il primo treno che non ci sali e che magari non torna più

Jovanotti, I giovani

Sofia non riusciva a levarsi dalla testa il volto del suo ex: nemmeno la passeggiata con Marta, di ritorno dal *Newroz*, l'aveva rasserenata. Troppo grande la ferita rimastale nel cuore dopo la separazione per illudersi di sanarla in così poco tempo. Del resto non era passato nemmeno un anno da quel giorno maledetto, quando lui le aveva detto di non essere più innamorato: uno dei momenti più atroci mai vissuti, anche per una ragazza asociale e a tratti persino apatica come Sofia. Tuttavia a provocarle più dolore erano state le parole pronunciate dal ragazzo quando era stato costretto a motivare quella sofferta decisione. Parole che ancora le rimbombavano in testa come una maledizione, durante i suoi numerosi risvegli notturni sudati e palpitanti: «Non mi dai più stimoli, sei apatica e piatta e sai perché? Perché sei tu la prima a non avere un obiettivo, un piano, un progetto. È finita Sofia, per davvero».

Macigni, altro che parole. Angoli bui che, da quel pomeriggio gelido di fine novembre in cui le loro strade si erano separate per sempre, avevano iniziato ad allargarsi sempre di più nel suo intimo, offuscando mente e pensieri, sino a farla chiudere a riccio. Avrebbe tentato di cambiare per salvare la storia, ma non ne ebbe la possibilità: la delusione era troppa e ora, all'alba dei suoi 25 anni, Sofia non credeva più nell'amore. Diffidava di tutti e di tutto, nonostante fosse legata ai tre amici che avevano riempito le sue giornate solitarie nell'appartamento che la madre le aveva trovato.

Lei, figlia unica e disillusa, era divenuta anche il cruccio dei suoi genitori, che da Firenze acconsentirono a trovarle una sistemazione a Pisa, come richiesto dalla ragazza che necessitava di aria nuova. Fu all'arrivo degli amici che, però, qualcosa parve mutare in lei, come un piccolo seme che non sapeva di avere dentro e che, goccia dopo goccia, prese forma e sostanza, riportandola ad apprezzare anche le piccole cose. Non era certo una compagnona, spesso si rinchiudeva in un mondo tutto suo fatto di computer, innovazioni e possibilità che l'era digitale offre a chiunque ne sappia cogliere il potenziale. Tuttavia qualcosa in Sofia stava cambiando: all'orizzonte ora si stagliava il famoso "progetto" che non aveva mai avuto, quell'obiettivo fino a poco tempo prima mancante che le era stato rinfacciato dal suo ex.

Lo scoglio che però continuava a parere insormontabile era riuscire a farsi notare da qualcuno: ora che aveva un'idea come quella di creare una start-up rivoluzionaria che potesse migliorare la vita delle persone, beh, serviva un porto sicuro per far approdare la sua "creatura", farla crescere e consentirle di esprimere tutto il proprio potenziale. Fu così che Sofia iniziò a inviare lettere di presentazione del progetto corredate dal suo *curriculum vitae* a destra e sinistra, senza quasi distinzione: conoscenti nel campo della tecnologia, ex compagni di università già inseriti nel settore del digitale, amici di famiglia più o meno influenti, perfetti sconosciuti setacciati durante una delle sue numerose notti insonni consumate davanti alla luce bianca dello schermo.

Risultato: silenzio totale. Nessuna risposta, nessun feedback.

Era come se le sue idee, i suoi sogni e le sue aspirazioni passassero inosservate come fantasmi agli occhi di tutti: doveva trovare il modo di farsi notare, o presto avrebbe dovuto correggere il tiro delle proprie ambizioni e, soprattutto, tornare a confrontarsi con quel buio che l'aveva avvolta nel suo mantello scuro dopo la separazione e che, come una spina mai estratta, tornava troppo spesso a pungerla. Serviva una scintilla in grado di far emergere ciò che per troppo tempo lei aveva tenuto dentro: una nuova Sofia.

Quella sera stessa, a cena, i quattro amici stavano cenando quando il telefono di Giacomo prese a squillare. Dopo aver dato una rapida occhiata allo schermo, il ragazzo si alzò e si diresse verso l'anticamera, rivolgendosi agli altri sottovoce: «Scusate ragazzi, torno subito», quindi accostò la porta che separava la cucina e il soggiorno dalla zona notte e disse: «Pronto?»

«Buonasera Giacomo, perdoni l'orario ma devo parlarle di una cosa urgente». La voce del responsabile dell'agenzia viaggi per la quale lavorava da qualche mese risultava diversa dal solito, quasi venata da un sordo disagio. Giacomo reagì mantenendo la calma, come era solito fare in ogni circostanza, specie in quelle più delicate:

«Buonasera signor Ficini, non si preoccupi. Mi dica pure.»

«Ecco, vede, negli ultimi tempi il lavoro è calato parecchio. Sa, non è un mistero che i soldi nelle tasche dei nostri clienti sono sempre meno e, d'altro canto, chi può permetterselo, spesso e volentieri prenota da sé i propri viaggi». Fu in quell'istante che Giacomo percepì chiaro, netto, un brivido gelido percorrergli la spina dorsale: reazione che raramente aveva avuto e che ora, come a volerlo mettere alla prova in quanto a sicurezza e tempra, si palesava in tutta la sua fisicità. Il ragazzo inspirò dalle narici per restare lucido, come gli aveva insegnato suo nonno, poco prima che il suo interlocutore proseguisse:

«Il mio ruolo purtroppo mi obbliga spesso e volentieri a prendere delle decisioni scomode. Premetto che non è nulla di personale, ma l'agenzia ritiene opportuno tagliare alcuni costi, e uno di questi è legato al personale. Sono spiacente, ma questa è la sua ultima settimana di lavoro. Le arriverà domani per posta la lettera che formalizza la cessazione del rapporto». Giacomo per un istante sentì il battito cardiaco accelerare, mentre la vista si annebbiava. Respirò ancor più intensamente, riuscendo a ritrovare la lucidità necessaria per rispondere al suo datore di lavoro:

«Capisco signor Ficini, accetto la vostra decisione. Attendo la lettera. A domani». Chiusa la comunicazione, il ragazzo si mise a sedere sul suo letto, con lo sguardo fisso a terra. Aveva sempre reagito a ogni situazione avversa, sin dai tempi della difficile infanzia in Bangladesh, dove riuscire a mettere assieme il pranzo con la cena era la vera sfida da vincere ogni dannato giorno. Da allora, uno spirito di rinascita e di rivalsa nei confronti della vita lo aveva accompagnato, tirando fuori dal suo cuore buono le parti migliori che un essere umano potesse custodire: la voglia di confrontarsi con gli altri, il desiderio d'includere nel proprio vissuto altre culture e popoli, la necessità di crescere come uomo e cittadino del mondo.

Non sarebbe stata quella telefonata a cambiare la sua personalissima *mission*. Sorrise e si alzò, asciugandosi una lacrima che aveva dispettosamente segnato la sua guancia ambrata. Presto, ne era sicuro, sarebbe giunta un'altra occasione. La vita, per lui, aveva in serbo grandi cose: di questo ne era certo.

4

E tutti quei ragazzi come te
Non hanno niente come te
Io vorrei darmi da fare
Forse essere migliore

Irene Grandi, Bruci la città

Il giorno seguente Marta si alzò di buona lena, fece una colazione veloce e si vestì altrettanto celermente: era il giorno del presidio animalista. Uscì in strada gasata come spesso le accadeva in quelle circostanze e, di buon passo, raggiunse il *Newroz* in una ventina di minuti, qualche minuto dopo le nove. Il crocchio di gente era parecchio nutrito e le ci volle un po' per scorgere Francesca, intenta a guardarsi attorno. Marta si fece spazio tra la folla di ragazzi e ragazze che, lentamente, iniziarono a muovere in direzione del Lungarno intonando cori e slogan contro la vivisezione. Si sbracciò per farsi vedere dall'amica che, intercettatala con lo sguardo, le sorrise e la raggiunse:

«Boia quanta gente!» esclamò Francesca, sistemandosi la fascia rossa che le teneva raccolti i capelli biondi.

«Sì, è una figata» le rispose Marta, prendendola per mano e avanzando tra la gente per portarsi a ridosso della testa del corteo. Lì riconobbero un paio di ragazzi dello spazio autogestito, che fecero cenno alle due di unirsi a loro nella camminata verso l'Università. Uno di questi, a un certo punto, passò un pezzo di striscione a Marta, che tendendolo fiera si schiuse in un sorriso a trentadue denti: in quel genere di situazioni si era sempre sentita a proprio agio, per di più se la causa della mobilitazione era legata ai suoi cari animali, verso i quali avrebbe presto rivolto il suo progetto di vita.

Il corteo era quasi giunto a metà del Lungarno, quando delle sirene iniziarono a risuonare sempre più insistenti, squarciando il suono dei megafoni e la musica dei Clash che usciva dagli altoparlanti allestiti sul furgoncino che guidava la manifestazione. Francesca percepì uno strano disagio che si era come impossessato della sua pancia, attraversandola. Qualcosa non andava.

«Che succede? Che sono 'ste sirene?». Marta allungò il collo a destra e sinistra, scrutando la situazione:

«Ma nulla, vai serena, solita polizia che fa la voce grossa. Ordinaria amministrazione». Nemmeno il tempo di percorrere dieci metri che le prime file si arrestarono di colpo, trovandosi di fronte un muro di caschi blu in assetto antisommossa. Uno di questi si fece passare un megafono e attaccò a parlare:

«Ragazzi, la manifestazione finisce qui! Non è stata

autorizzata e lo sapevate, sciogliete il corteo e tornatevene a casa!». Un ragazzo del *Newroz* coi capelli lungi legati fece un passo in avanti, rispondendo anch'egli col megafono:

«Noi da qui non ce ne andiamo! Manifestare è un diritto e continueremo a difenderlo con tutte le nostre forze!», poi si voltò verso il corteo e fece un cenno con la mano, invitando la folla a proseguire: fu in quell'istante che si scatenò l'inferno. La polizia iniziò coi lacrimogeni, provocando il primo fuggi fuggi. Nella nebbia e nel caos Marta riuscì a prendere per mano l'amica e a muovere veloce a destra, verso la zona opposta rispetto al fiume, dove avrebbero potuto infilarsi in qualche via e sparire in fretta.

«Guai a te se molli questa mano!» le urlò, trascinandola come un sacco. Francesca, dal canto suo, era paralizzata dalla paura: le gambe erano diventate di marmo, aveva il fiato corto e il battito accelerato. Le due riuscirono a divincolarsi a fatica ed emersero dalla calca confuse, raggiungendo un portico. «Di qua!» continuò Marta puntando Piazza Solferino, tenendo stretta la mano dell'amica fin quasi a stritolarla. Fu allora che un urlo agghiacciante la fece voltare: un poliziotto aveva appena colpito col manganello uno dei ragazzi del *Newroz*, centrandolo sulla schiena, prima che altri manifestanti, in un parapiglia degno del Far West, riuscissero a intervenire in quella tenzone. Le due ragazze approfittarono dell'attimo infilandosi in un vicolo e, correndo come pazze, dopo qualche minuto si ritrovarono lontane dai tumulti. Si fermarono a riprendere fiato su una panchina, sudate e impolverate, sotto gli occhi distratti di turisti e passanti, che data l'ora iniziavano ad animare le vie del centro e i numerosi caffè.

«Che botta di vita, eh?» ruppe il silenzio Marta, incastrando i suoi occhioni scuri nelle iridi chiare dell'amica, ancora frastornata.

«Per un po' basta manifestazioni... Meglio che io mi concentri sul rifugio. A proposito, non è che conosci qualcuno interessato a unirsi a me?». Francesca le sorrise appena, riprendendo colore:

«Ma... a dire il vero non saprei...». Fu in quell'istante che Marta colse la palla al balzo: del resto *Tentar non nuoce* era sempre stato uno dei suoi motti preferiti.

«Franci, ti prego! Sarebbe bellissimo! Pensa, io e te a gestire il rifugio, fuori da tutto e da tutti! Dimmi che ci stai...». L'amica sgranò gli occhi, perplessa:

«Non lo so, Marta. Lasciami qualche giorno per pensarci, va bene?»

«Ma che giorno e giorno! Qui bisogna partire subito! Dai, lo so che in fondo è un sì. Ti prometto che è l'ultima cosa che ti chiedo. Dai dai dai...». Sin dai tempi dell'adolescenza, una delle caratteristiche di Francesca era senza dubbio la sua incapacità di dire no: per un carattere forte e deciso come quello di Marta, convincerla si rivelò un gioco da ragazzi.

«E va bene, ma solo perché sei tu...». L'amica saltò in piedi e la abbracciò con una tale forza da levarle il respiro. In quell'angolo di cielo e di mondo, per un istante, tutto si fermò, sospeso in un battito d'ali leggero, simile al suono dell'amicizia più pura.

Nel frattempo Luca aveva finalmente trovato l'abito per il colloquio che avrebbe dovuto sostenere l'indomani, per la *Texile Stuff* di Lucca. Rientrato a casa, trovò Giacomo e Sofia pronti per aiutarlo a preparare il discorso di presentazione. Il ragazzo salutò con un sorriso i due, entrò nella sua stanza, posò l'abito color canna da zucchero ancora impacchettato sul letto e tornò in sala, sedendosi attorno al tavolo.

«Ci siamo, ragazzi...». Giacomo si alzò dal divano e gli si avvicinò, seguito con lo sguardo da Sofia, che restando seduta si schiuse in un insolito sorriso, prima d'incoraggiarlo:

«Andrai alla grande.»

«Lo spero: per me è troppo importante...»

«E allora sotto!» proruppe Giacomo, prendendo carta e penna e sedendosi anche lui attorno al tavolo.

«Davvero mi aiuterete col discorso?». Fu Sofia, sfruttando quel momento per mettere da parte i pensieri cupi sulla sua start-up, a rispondere con decisione a Luca:

«Ovvio. Siamo una squadra. Forza, che non abbiamo tutto 'sto tempo».

5

E adesso la vita riparte da quest'occasione
Riparte da quello che resta dalla sua dimensione
Ti trovi per caso in un posto
Che è in fase col tempo
Che strano la chiave ora gira
E riapre il tuo scrigno

Francesco Gabbani, Sorpresa improvvisa

Lucca, il giorno dopo

Durante il viaggio da Pisa a Lucca non aveva fatto altro che ripetere a voce alta il discorso che aveva preparato la sera prima, assieme a Giacomo e Sofia. Giunto nei pressi del centro storico, Luca parcheggiò vicinissimo alla sede dell'agenzia, non lontano dalle mura, perdendosi un istante nella magnificenza di quell'insieme di pietre e storia, che di fatto rendeva quel posto una delle più belle e caratteristiche città della Toscana. Il suono di un clacson lo destò, riportandolo alla realtà: fissò l'orologio e inspirò con calma dalle narici, come gli aveva suggerito Giacomo.

Percepì il corpo leggero, stabile e consapevole: un'energia costante pareva percorrere ogni fibra del suo corpo, ogni centimetro di pelle e ogni angolo del suo cuore. Si sentiva sicuro, padrone di sé e del proprio destino, che di lì a poco, per un verso o per un altro, avrebbe preso una piega nuova. Giunto al civico che ospitava la *Textile Stuff* citofonò e, una volta entrato, gli occhi vispi di una signora di mezza età vestita di grigio lo accolsero. La donna aveva un modo di fare accomodante:

«Deduco che lei sia qui per il colloquio: è il signor Gozzi, giusto?»

«Sì, sono io.»

«Prego, la prima porta a sinistra. Il dottor Marchi sarà da lei fra un istante». Un brivido lo colse: quel cognome non gli suonava affatto nuovo. "Deve essere un omonimo" pensò Luca, schiudendosi nel mentre in un cenno di ringraziamento, che la donna ricambiò con un sorriso pacato. Una volta richiusa la porta alle sue spalle, Luca si ritrovò in un piccolo ufficio dagli interni in radica, pervaso da un profumo inebriante d'incenso e lavanda. Nemmeno il tempo di ripassare mentalmente il discorso, che una voce piena lo fece voltare di soprassalto:

«Buongiorno signor Gozzi, si accomodi pure su quella poltrona». Riconobbe subito quel volto. Non lo aveva mai dimenticato: era il volto della persona che per ultima al mondo avrebbe voluto vedere. Non si erano mai parlati, ma Luca conosceva di vista quell'uomo alto e dinoccolato, dai modi brillanti e dalla parlantina a cascata: non era altri che il nuovo compagno del suo ex fidanzato. E, di lì a pochi secondi, sarebbe stato dalla parte opposta della scrivania, in veste di selezionatore per la posizione alla quale Luca ambiva da tanto, troppo tempo.

Il ragazzo fu tentato d'inventarsi un malore o qualcosa di simile per fuggire e scapparsene fuori, liberare il pianto e maledire la sua scelta, ma qualcosa lo frenò. Ripensò ai volti sorridenti dei suoi amici, ai propri sogni e ai sacrifici fatti per arrivare fino a quel dannato colloquio e, in un lampo, decise di giocarsela. Era un Luca diverso, e quella era l'occasione perfetta per dimostrarlo prima di tutto a sé stesso:

«Buongiorno dottor Marchi, se posso permettermi il suo ufficio è davvero splendido» egli esordì accomodandosi su una poltrona in pelle color ebano. Doveva calarsi nella parte, o meglio restare nella parte: troppo importante la posta in gioco. Un'occasione che gli avrebbe cambiato in meglio non solo la vita professionale ma anche l'esistenza. Il resto, invece, doveva restare fuori.

Dopo mezz'ora, sulla strada del ritorno, Luca si fermò a uno spiazzo, spense l'auto e si slacciò la cravatta: gli sembrava di soffocare. "Al diavolo!" pensò, sorprendendosi a sorridere. Doveva ancora rendersene conto, ma aveva appena realizzato qualcosa d'incredibile: non solo aveva superato il colloquio, guadagnando un contratto di tre mesi a scopo assunzione a tempo indeterminato ma, soprattutto, era riuscito a dominare le proprie emozioni. Nella mezz'ora passata in quello studio in radica, sotto lo sguardo attento e scrutatore del dottor Marchi, aveva messo sul tavolo da gioco tutte le sue migliori carte ed era uscito vincitore da una partita che si era messa nient'affatto in discesa. Inspirò ed espirò, quindi compose il numero di Giacomo: gli tremavano le mani per l'emozione e, in egual misura, per l'adrenalina che ancora gli circolava in corpo.

«Pronto, Luca! Allora, com'è andata?»

«Da Dio! Mi hanno preso! Contratto di tre mesi a scopo assunzione fissa, ancora non ci credo...»

«Grandissimo! Così ti voglio! Corro a dirlo agli altri.»

«Aspetta Giacomo, c'è una cosa che devi sapere sul colloquio, o meglio, sul selezionatore che poi sarà il mio supervisore...» tentennò per un istante Luca, pentendosi immediatamente di aver offuscato quel momento di gioia.

«Sarebbe a dire?» chiese l'amico, sorpreso da quell'uscita.

«Niente, scusa. Non è importante, ne parleremo con calma. Prepara da bere, ché si festeggia!».

Dopo una vita a nascondere le proprie emozioni, le proprie inclinazioni e i propri sogni, quello era il momento della luce: Luca sorrise e respirò, finalmente a pieni polmoni. Per una volta, il buio poteva farsi da parte.

6

Dentro di me dentro di me
Ci sono ore ancora da scartare e da passare
Dentro di me dentro di me
Ci sono ancora mille occhi da dimenticare

Nada, Distese

Marta si presentò a casa di Francesca nel primo pomeriggio, con la testa zeppa d'idee e il cuore leggero. Il progetto che l'amica aveva deciso di sposare rappresentava la grande occasione per svoltare sia a livello professionale che umano: un'occasione da vivere a pieni polmoni e col vento in faccia, di quelle che, comunque vadano, sono capaci di lasciare segni indelebili in chi le vive. Il sorriso dell'amica fece capolino dietro la porta d'ingresso, invitandola a sedersi al tavolo al centro della splendida sala. Le due non stavano nella pelle e, dopo un breve silenzio, fu Marta a rompere gli indugi:

«Ho trovato un paio di posti troppo carini che farebbero al caso nostro. Andiamo a vederli?». Francesca la fissò incuriosita, prima di chiedere a sua volta, con gli occhi sbarrati:

«Dove?»

«Uno vicino a Pontedera, l'altro a Colle Val d'Elsa, nel Senese. Posti magici e, soprattutto, spaziosi a sufficienza per il nostro progetto. Già me li vedo, i nostri piccoli amici a quattro zampe, a scodinzolare e a correre in mezzo alla natura. Un sogno!». Francesca le sorrise in segno affermativo: quel progetto iniziava a coinvolgerla, come mai avrebbe pensato potesse accadere.

«Alla grande, direi! Da dove cominciamo?»

«Da Pontedera, è a pochi chilometri da Bientina e, manco a farlo apposta, tra poche ore sarò giù con gli altri per il Palio. A proposito, se volessi unirti sai che non ci sono problemi...»

«Eh, mi piacerebbe parecchio un weekend fuori città, ma stasera mi arrivano mamma e papà da Carrara e gli ho promesso di stare assieme. Non li vedo da tre mesi, sai... Però chiamami quando vuoi, così mi aggiorni su tutto, ok?»

«Vai serena, socia». Le due si abbracciarono, chiuse in un istante dalle tinte chiare e luminose, profumate delle migliori speranze. Le stesse speranze, purtroppo, non albergavano nell'animo di Sofia: non solo il suo ex fidanzato aveva riaperto ferite mai del tutto sanate, ma anche la sua start-up non aveva ancora trovato qualcuno interessato a sostenerla o, quanto meno, ad approfondirne idee e possibili sviluppi. Fu così che, dopo l'ennesima giornata passata a mandare curriculum nel vuoto, scese al minimarket sotto casa, dal quale fece ritorno poco dopo con patatine, merendine e due bottiglie di prosecco: aveva bisogno di non pensare, almeno per quella sera. L'alcool e il cibo spazzatura l'avrebbero aiutata, anche se per poche ore. Era a casa sola, gli altri sarebbero rientrati tardi quella sera per vari impegni, così stappò la prima bottiglia, si versò un bicchiere e si piazzò davanti al pc, sgranocchiando le patatine con lo sguardo perso nella pagina iniziale di Google.

Al secondo bicchiere un lampo le accese le iridi, rendendole ancora più chiare. Iniziò a digitare sulla tastiera e, poco dopo, una sfilza di siti riempì lo schermo: cliccò sul primo, poi sul secondo e così sugli altri. Li esaminò uno per uno, richiudendoli tutti tranne l'ultimo, sul quale si soffermò per qualche minuto, prima di battere un pugno sul tavolo, in preda ai primi effetti del prosecco. "Fanculo!" pensò, riempiendosi un altro bicchiere e aprendo il secondo pacchetto di patatine.

Richiuse il pc senza nemmeno arrestare il sistema, alzandosi di scatto. Prese con sé bicchiere e bottiglia e uscì in terrazzo, strizzando gli occhi: il sole di giugno era ancora alto nel cielo ma iniziava la sua lenta discesa verso l'orizzonte, dorandole le guance. Ignorando una lacrima che iniziava a rigarle il viso, svuotò il bicchiere d'un fiato: quella sera si sarebbe perdonata tutto, anche la tristezza più profonda.

7

Lo spettacolo deve ancora cominciare
Lo spettacolo non ha scuse da inventare
Lo spettacolo si fa solo un po' aspettare
Lo spettacolo deve ancora cominciare

Litfiba, Lo spettacolo

La sera successiva i ragazzi si ritrovarono a cena con animi contrastanti, per organizzare la partenza per Bientina: il weekend del Palio era arrivato e l'indomani avrebbe avuto inizio la loro due giorni fuori città. Sofia lottava ancora con il mal di testa per via della sbornia della sera prima, dalla quale era uscita con ancor meno certezze sul proprio futuro, se non che per un po' di prosecco non ne avrebbe voluto più sentir parlare. Luca, al contrario, si sentiva come se avesse il vento in poppa: l'esito del colloquio gli aveva regalato quella svolta mentale che tanto aveva aspettato, facendogli ingranare la marcia giusta nonostante le incertezze, che ogni tanto tornavano a bussare alla sua porta, seppur con minore insistenza. Marta era tutta concentrata sul rifugio per gli animali, euforica e carica come una molla, soprattutto perché era riuscita a fissare per l'indomani il primo sopralluogo a Pontedera, approfittando della trasferta a Bientina.

E Giacomo? Il ragazzo dopo la perdita del posto di lavoro non si era scoraggiato, anzi: se possibile, aveva intensificato ancora di più la ricerca d'una nuova occupazione, tanto da ritrovare il contatto di un vecchio compagno di università, impiegato anch'egli nel settore viaggi e turismo. Dopo un paio di chiamate a vuoto, Giacomo era riuscito non solo a parlargli e a raccontargli della propria situazione, ma soprattutto a ottenere qualcosa d'incredibile: un nuovo impiego. L'agenzia per la quale lavorava il suo amico, infatti, era alla ricerca di un tour operator da affiancargli nei viaggi e, come si suol dire, Giacomo capitava al posto giusto nel momento giusto: sarebbe partito per l'Egitto di lì a pochi giorni.

Era solo questione di firmare il nuovo incarico e si sarebbe immerso in una nuova avventura, proprio come aveva sempre sognato. Lui che era nato con poco o nulla, trasferitosi poco più che ventenne dal Bangladesh all'Italia in cerca di fortuna, aveva sempre fatto delle difficoltà un volano di risalita, tramutando gli ostacoli in opportunità da saper cogliere. Era questo il suo segreto, la sua intima forza: saper leggere la realtà con gli occhi di un bambino, lasciandosi stupire e non spaventare dalle prove che l'esistenza presenta, prima o poi, a tutti.

Dopo aver raccontato agli altri del nuovo impiego, dunque, come era solito fare dinanzi alle novità Giacomo aveva deciso d'immergersi un poco nel bacile dei ricordi: essi lo rendevano più forte, tenendolo ben saldo ai valori e alle radici che la sua famiglia gli aveva trasmesso con amore e dedizione. Una lontananza solo geografica li separava, ma i loro cuori erano più vicini che mai: le difficoltà iniziali a inserirsi in una cultura nuova erano state mitigate dai consigli e dalle parole di papà Joseph e mamma Samira. Non appena avesse messo da parte qualche soldo, magari dopo il primo stipendio, Giacomo sarebbe tornato a trovarli in Bangladesh. Si sentiva cittadino del mondo, ora, ma casa era e restava pur sempre casa, coi suoi odori, profumi, colori e sensazioni, che solo il luogo natìo può offrire a chi vi è cresciuto.

Pertanto la vigilia del Palio, sia per lui che per gli amici, giungeva come uno spartiacque: rientrati da Bientina, tutti si sarebbero immersi nuovamente nella corrente delle proprie aspirazioni, dei propri sogni e delle proprie emozioni, consapevoli che il cambiamento – sebbene per alcuni non ancora tangibile – era già iniziato.

8

Vivere la vita è un gioco da ragazzi
Me lo diceva mamma ed io cadevo giù dagli alberi
Quanto è duro il mondo per quelli normali
Che hanno poco amore intorno
O troppo sole negli occhiali

Lucio Corsi, Volevo essere un duro

Bientina, il giorno dopo

Il sole di metà mattina scaldava già parecchio quando i quattro superarono il cartello con scritto "Bientina". Il viaggio era filato liscio come l'olio e, nemmeno in un'ora, la Polo di Marta li aveva condotti nelle sinuose curve della Valdera, traboccante vita e vegetazione per via dell'inizio dell'estate. Per la ragazza, che aveva deciso di prendere la sua auto, ripercorrere anche solo con lo sguardo strade e incroci che conosceva a memoria fu come tornare indietro di anni, anche se questa volta il bagaglio che si era portata dietro pesava un po' di più: lì dentro infatti c'era la speranza di dare la svolta definitiva alla sua vita, a partire proprio dal sopralluogo in programma quel pomeriggio per trovare la location adatta al rifugio.

Giunta in Via delle Preselline, Marta voltò a sinistra al crocicchio con la Madonna e, dopo cento metri, suonò il clacson un paio di volte, sotto gli occhi divertiti dei compagni di viaggio. Dopo pochi istanti il viso paffuto e rubicondo di un signore di mezza età fece capolino al di qua della cancellata. L'uomo fece segno di entrare. Marta parcheggiò l'auto nel grande spiazzo verde contiguo alla casa e si fiondò fuori, abbracciando l'uomo ma anche una donna che aveva indosso un grembiule e che nel frattempo era sopraggiunta.

«Che bello vedervi! Com'è che voi due sembrate sempre più giovani?». I genitori la abbraciarono, baciandola quasi commossi, quindi la mamma di Marta prese la parola, facendo gli onori di casa:

«Ragazzi, io e mio marito siamo lieti di ospitarvi questo weekend. Abbiamo posto per tutti, stanze ce ne sono». I tre si presentarono, ringraziarono, e su invito di papà Franco si diressero per le scale che portavano all'appartamento: «Alle valigie penseremo dopo, ora tutti a tavola: a pancia piena si ragiona meglio». Fu Marta, masticando un crostino con ragù di lepre, a interrompere il silenzio che avvolgeva l'inizio del pranzo:

«Dite un po', ma dov'è Marco?». Mamma Adriana si pulì la bocca col fazzoletto e ammiccò, prima di rispondere quasi divertita:

«Lo sai com'è fatto tuo fratello: sarà ancora in giro da ieri sera. Son giorni particolari, quelli del Palio, e oggi è la Vigilia: già tanto se torna a dormire stanotte!». Una risatina collettiva accompagnò l'ingresso della portata successiva, che diede il via a uno dei pranzi più buoni che i ragazzi avessero mai gustato negli ultimi anni. Dopo quasi due ore si alzarono da tavola satolli ma felici: il cibo e il buon vino avevano contribuito a catapultarli nel clima del weekend più importante per quella piccola comunità di anime. Luca, Giacomo e Sofia scesero a prendere i bagagli mentre Marta si trattenne a dare una mano a sparecchiare, attaccando a chiacchierare coi suoi:

«Ho parecchie novità a proposito del rifugio: questo pomeriggio ho appuntamento per un sopralluogo in un agriturismo abbandonato, a Pontedera. E, a dirla tutta, non è l'unica cosa...». Il padre sgranò gli occhi e svuotò il cicchetto di grappa, restando in attesa. Anche mamma Adriana spense l'acqua dei piatti, per sentire meglio. «Avete presente la mia amica Francesca, che sta a Pisa? Saremo socie! Non è fantastico?». Papà Franco, uomo burbero ma dal gran cuore, trattenne a fatica una lacrima di commozione, prima di stringere la figlia con tutta la forza che aveva. La mamma si avvicinò piano, accarezzandole la coda e baciandola dolcemente sulla guancia, prima di dar fiato a poche parole:

«Hai il nostro appoggio: sai che ci saremo sempre, per te. Se vuoi, papà può accompagnarti oggi pomeriggio. Sai come sono queste cose: meglio un parere in più. Tanto, per i preparativi della vigilia, ci pensano i ragazzi della contrada. A proposito, stasera si cena tutti là, come da tradizione, alle nove. Puntuali, che qui ci si tiene eh!».

Le ore successive trascorsero veloci per i ragazzi: dopo aver posato i bagagli nelle rispettive stanze, Luca e Giacomo decisero di far due passi per i campi di granoturco che circondavano, in un abbraccio dorato, la proprietà della famiglia di Marta. Sofia, da par suo, decise invece di restare in stanza a riposare: i pensieri che le affollavano la testa, tutt'altro che luminosi, la consumavano a tal punto da farla sentire spesso stanca, spossata e assente. Stare da sola, in quel momento, era l'unica cosa che desiderava.

Si sdraiò sul letto, tirò giù la tapparella lasciando filtrare solo un raggio di sole e, in tempo zero, sprofondò in un sogno leggero dalle tinte serene, delizia alla quale non era più abituata. Dopo neanche un'ora fu svegliata da una voce sguaiata proveniente dalla stanza a fianco. Non apparteneva né a Luca né a Giacomo, né tanto meno al padre di Marta, di questo era certa. Incuriosita, Sofia aprì la porta un poco per gettare lo sguardo, ma non vide nessuno. Fece per chiudere quando, dietro l'uscio, la stessa voce la fece trasalire:

«Spero di non averti disturbato». Subito un volto sorridente fece capolino davanti a Sofia, impietrita. Gli occhi del ragazzo, che a prima vista non aveva più di vent'anni, erano così scuri che lei guardandoli riuscì quasi a scorgere la propria immagine riflessa. La carnagione olivastra, recante ancora qualche traccia di acne adolescenziale, era incastonata come una perla in mezzo a una folta massa di capelli ricci castano scuro, tutt'altro che in ordine. «Ad ogni modo piacere, Marco» disse lui tendendole la mano zeppa di anelli.

«Piacere, Sofia» balbettò lei, ignorando il disagio che aveva iniziato a percepire nello stomaco.

«Allora, ci si vede stasera alla cena della vigilia, alla sede della contrada?». Sofia non ne sapeva nulla, dei programmi in generale se ne era sempre piuttosto fregata, ma riuscì comunque a non darlo a vedere:

«Certo, a stasera.»

«Ganzo! A stasera».

Quella sera stessa, alla sede della Contrada

I quattro giunsero alla cena in anticipo per aggiungersi ai ragazzi della contrada, che dalle prime ore del mattino si erano ritrovati per le operazioni di rito proprie della vigilia del Palio: benedizione del cavallo e del fantino, giro al trotto per le vie del borgo, pranzo collettivo e preparazione degli stendardi, delle bandiere, dei costumi, e soprattutto la prova dei cori. Fu proprio uno di quei giovani ad accogliere Luca, Sofia, Giacomo e Marta al loro ingresso nella sala, dove Marta in una manciata di secondi fu letteralmente sommersa da un abbraccio gigante:

«Marta, quanto tempo! A un certo punto non ci speravamo più...». Lei sorrise, prima che gli amici si presentassero a turno. Pochi minuti dopo se ne stavano tutti seduti al tavolo a bere vino rosso, accompagnando anche loro il coro:

«Brindisinoooo, la la la la la!». Era bastato poco per sentirsi già parte di quella che non era una semplice comunità, ma una vera e propria famiglia. Marta si mise a ragguagliare un paio di amiche sul sopralluogo che aveva fatto quel pomeriggio e che, toccando ferro, pareva essere andato più che bene: ora mancava "solo" qualcuno che aiutasse lei e Francesca a livello economico, ma la *location* per il loro rifugio c'era. Luca e Giacomo, svuotato il secondo bicchiere, si alzarono un secondo per sgranchirsi le gambe, in attesa degli antipasti:

«Simpatici, eh?» disse Giacomo, mantenendo lo sguardo divertito su quella tavolata così colorita.

«Parecchio» rispose Luca, a testa bassa.

«Ohi, che c'è? Qualcosa non va?» chiese l'amico, al quale poco o nulla sfuggiva delle vibrazioni che si sviluppavano di volta in volta attorno a sé.

«No, niente, solo che ogni tanto ripenso al lavoro che mi aspetta e... lascia perdere, pensiamo a divertirci». Giacomo sorrise, indicandogli il tavolo:

«Mi sa che ci conviene tornare lì, prima che quei matti ci finiscano tutto il vino!». Tornati al loro posto, si accorsero dell'assenza di Sofia. La sua sedia era vuota e, vuoi per il vino bevuto, vuoi per la natura silenziosa ed estroversa dell'amica, non si erano nemmeno accorti se lei si fosse realmente seduta con loro al tavolo.

«Marta, ma dov'è Sofia?!» urlò Giacomo per farsi sentire in mezzo a quella caciara, che a poco a poco stava assumendo sempre più le sembianze di una tribuna del Palio.

«Boh, dev'essere andata a farsi un giro qua dietro, sai com'è. Tornerà, tranquillo». Pochi metri più in là, dietro al casotto, invisibile agli occhi degli altri e lontana a sufficienza perché i cori risultassero soffusi, Sofia camminava avanti e indietro come un leone in gabbia: qualcosa la tormentava. Qualcosa che, per la prima volta dopo tanto tempo, non aveva a che fare con la start-up bensì con la parte più profonda di sé, quella stessa natura che, per anni, aveva soffocato e che ora, quasi disperatamente, era tornata a reclamare aria, libertà e sfogo.

«Vedo che qualcuno non si sta divertendo». La voce del fratelo di Marta la colse di sorpresa per la seconda volta in poche ore, facendola tornare in sé.

«No, anzi è tutto meraviglioso qui. Siete davvero ospitali, il vino è ottimo e la compagnia ancora di più. Sono io che...» ma la sua voce si ruppe di colpo, colta da un fremito, impedendole di concludere la frase. Fu allora che Marco mosse mezzo passo verso di lei, fissandola incuriosito:

«Vai serena, capitano a tutti le giornate no. Se vuoi unirti, io e i miei amici a breve andremo in centro per la Vigilia. Di certo non ci sarà da annoiarsi...». Sofia lo fissò per un paio di secondi, distogliendo subito lo sguardo da quegli occhi color della tenebra che la facevano sentire al tempo stesso a disagio e attratta. Quindi, strofinandosi il piercing, rispose con un sibilo, mantenendo lo sguardo sull'erba bruciata dal sole estivo:

«Sei gentile, davvero, ma vi rovinerei la festa. Preferisco starmene da sola stasera, nulla di personale sia chiaro». Lui le fece l'occhiolino, intercettando le sue iridi grigio-verdi che riflettevano sotto la luce dei lampioni.

«Vai serena, ci ho provato. Domani però ti voglio carica per il Palio, mi raccomando!»

«Promesso, ci sarò». Marco le sorrise e, voltandole le spalle, si incamminò per il breve sterrato che portava alla sede della contrada, dove i suoni ovattati dei cori avevano cominciato a risuonare con maggiore frequenza. Giunto quasi alla struttura che ospitava la cena, il ragazzo si voltò verso Sofia, schiudendosi in una smorfia sorniona: «Se stanotte ti dovessi disturbare quando torno, hai il permesso di venire a sgridarmi». Lei abbozzò un sorriso imbarazzato, osservandolo confondersi lentamente con l'oscurità che tanto assomigliava al profondo dei suoi occhi.

«Che stupida!» si disse sottovoce, pestando un piede per terra. Iniziò a inspirare, per calmarsi. La temperatura iniziava a rinfrescare, nonostante fosse luglio, ma il suo animo bruciava: si sentiva confusa, fuori luogo, insicura. Nel tornare al tavolo dagli altri, fu attratta dal chiarore proveniente dall'alto: incollò gli occhi al cielo stellato, in cerca di pace.

Lassù, da qualche parte, era nascosta la felicità. Ora stava a lei scovarla e tenersela stretta.

9

Cominciamo piano vieni più vicino
Prendi la mia mano e fanne il tuo cuscino
Usa le parole quelle più sincere e diventa fiore
Fatti respirare aspettando il tempo
Che questo amore amore sia.

Aleandro Baldi, Come le stagioni

Il mattino seguente

La casa dove alloggiavano si riempì in un istante della fragranza inconfondibile del caffè, prima che la voce accomodante di mamma Adriana accogliesse i ragazzi, ancora mezzi addormentati, nella cucina che si affacciava sui campi della Valdera.

«Buongiorno ragazzi. Lì c'è il caffè, sul tavolo tutto il

resto per la colazione. Fate come se foste a casa vostra. A proposito, com'è andata ieri sera?»

«Benissimo direi!» rispose Giacomo, ancora gasato per la cena più divertente alla quale avesse mai preso parte negli ultimi anni. Gli altri sorrisero e si sedettero a fare colazione, accompagnati dal sottofondo di cori e stornelli che, come una ragnatela, avvolgeva ancora con delicatezza i loro ricordi. Marta a un certo punto si alzò e uscì in giardino per aggiornare Francesca al telefono sul buon esito del sopralluogo a Pontedera, mentre Luca e Giacomo finito di mangiare sparecchiarono e filarono in stanza a prepararsi: era il giorno del Palio e per mezzogiorno dovevano essere tutti sugli spalti.

Solo Sofia rimase in cucina, assorta nei suoi pensieri. L'incontro serale con Marco l'aveva destabilizzata, levandole la terra sotto ai piedi. Negli ultimi mesi aveva imparato – vuoi per necessità, vuoi per indole – a chiudersi a riccio, lasciando il mondo all'esterno e, con esso, anche le migliaia di sfaccettature chiamate emozioni. Ma quel viso, in pochi istanti, aveva iniziato a crepare il muro che si era faticosamente costruita intorno. Il disagio che provava non sfuggì di certo agli occhi navigati di Adriana, che sedendosi accanto alla ragazza la interpellò con fare calmo, come se fosse una figlia:

«Che succede, cara?»

«Niente signora, non si preoccupi. Sono solo pensieri, nulla di che.»

«E dici poco? Sono proprio quelli che, se negativi, ci levano l'aria. Non vorrei sembrare invadente ma, ecco, si tratta di lavoro o amore?». Sofia le sorrise a fatica, restìa come al solito ad aprirsi del tutto:

«Si figuri, anzi grazie. Mah, diciamo entrambi...». Adriana capì che non ne avrebbe cavato molto di più e, toccandole dolcemente una spalla, si alzò, levandole la tazza e il piattino da davanti per posarli nel lavello.

«Oggi è un giorno di festa: cerca di lasciarli fuori dalla porta, i fantasmi; e, se vuoi un consiglio, sorridi. A chiunque, anche al vuoto: sorridi! Non c'è miglior medicina. Le cose si sistemeranno quando meno te l'aspetti, vedrai».

Verso le undici e mezza i quattro ragazzi, capitanati da Marta, fecero ingresso in piazza Vittorio Emanuele, che come ogni anno per l'occasione era stata transennata. La strada era stata coperta di sabbia e terra battura per la corsa e, ai lati del circuito, si stagliavano le tribune dalle quali era possibile godere di quello che senza dubbio era l'evento dell'anno.

«Ragazzi, per di qua!» urlò Marta infilandosi alle spalle della tribuna principale dove le varie contrade, vestite delle rispettive casacche, stazionavano intonando cori e sventolando bandiere. Un tripudio di suoni, voci e soprattutto colori travolse Luca, Giacomo e Sofia, che novelli del Palio mai avevano assistito a un simile spettacolo, tanto che per un istante parve loro di trovarsi all'interno di un quadro impressionista, dove sono i colori a definire storie, persone e destini.

«Aspettatemi qui, torno subito, non vi muovete» li ammonì Marta, sparendo in un bar talmente affollato che sembrava sul punto di esplodere. Poco dopo ne uscì con in mano quattro birre e, una volta distribuitele, alzò la sua urlando con lo sguardo al cielo: «Al Puntone!». Gli altri tre, istruiti a dovere la sera precedente dai ragazzi della contrada, non si fecero pregare, ripetendo: «Al Puntone!».

Una volta sistematisi sulle gradinate della tribuna, dove gli amici di Marta le avevano riservato quattro posti risicati in prima fila, passarono pochi minuti e i cavalli fecero il loro ingresso nella piazza, accompagnati dai rispettivi fantini. Un tripudio di urla, cori, fischi e sfottò inondò l'aria, tanto che per comunicare, da lì in avanti, sarebbe stato necessario urlare. Fu in quell'istante fuori dal tempo che gli occhi di Sofia incrociarono quelli di Marco, distante una decina di posti alla loro destra. Se ne stava in piedi a cavalcioni della transenna sventolando il bandierone rossonero della contrada, fermandosi ogni tanto per dare un sorso alla birra che di volta in volta gli passavano gli amici. Lui le sorrise, strizzandole l'occhio.

D'istinto Sofia contraccambiò, stupendosi della sua stessa spontaneità: percepì subito un senso di pace e di serenità che da tempo non provava. Lei, che era sempre stata riluttante nei confronti della gente, della ressa e delle urla, proprio in mezzo a quel delirio di corpi e suoni stava a poco a poco ritrovando la parte più autentica di sé. Lo sparo dello starter rimbombò assordante, senza preavviso, dando il via alla prima batteria, che però risultò nulla per via di un cavallo che non ne voleva sapere di star fermo ai canapi. Il secondo tentativo fu quello buono: in mezzo alle urla e alla polvere, sotto il sole che si faceva sempre più di rame, la figura rossonera del fantino del Puntone primeggiava, seguita a pochi centimetri dal fantino bianconero, rappresentante della contrada nemica di sempre: il centro storico.

A un tratto un urlo scosse la gente: il fantino del

Puntone cadde a terra, sbalzato dal cavallo che pareva imbizzarrito, regalando un'inaspettata vittoria al fotofinish al destriero della contrada nemica. Le altre contrade passarono dal traguardo una dietro l'altra, chi tra applausi chi tra fischi. Si accese persino un focolaio di rissa, al momento di abbandonare le tribune, che Marta riuscì a risparmiare ai suoi amici facendoli sgattaiolare per un vicolo sul retro, che permise ai quattro di allontanarsi.

La piazza, vista da una ventina di metri, pareva un'arena cavalleresca degna della miglior battaglia di un poema epico: urla, polvere, cavalli infortunati e cavalieri furiosi con i propri avversari. Non mancava proprio nulla. Tornati a casa, si buttarono tutti in doccia, stravolti ma felici: era come se una nuova linfa avesse iniziato a scorrere nelle loro vene, ossigenandoli. L'ultima serata a Bientina sarebbe stata la degna chiusura di un weekend che, senza dubbio, difficilmente avrebbero dimenticato.

10

Ma ora mi serve aria
Aria
Aria non ce n'è
Sicuro io saprò
Portarti lontano
A vedere le cose
A prendere il treno con te

Tommaso Novi, Aria

Sfruttando il tramonto luminoso di luglio andarono alla cena a piedi, passando per i campi di granoturco e per un paio di casolari appartenuti al nonno di Marta, ora abbandonati ma ancora presenti come traccia indelebile di un passato tutt'altro che scordato. Percorsero i due chilometri che li separavano dalla sede della contrada sfiorati dall'aria tiepida della sera, che ancora portava qualche venatura d'arancio capace di colorare le loro guance come farebbe una pennellata.

Luca e Giacomo rimasero qualche metro indietro, intenti a scambiarsi impressioni sul weekend e, soprattutto, sui rispettivi futuri. Il primo non potè fare a meno di confessare qualche riserva circa il ruolo che avrebbe dovuto svolgere a Lucca, specie in relazione al suo superiore, che ogni giorno gli avrebbe ricordato la sua ultima relazione.

«Ci tieni davvero a lavorare in quell'agenzia?» lo interruppe bruscamente Giacomo, sapendo che in quei frangenti l'unico modo per aiutare l'amico era punzecchiarlo.

«Certo che ci tengo!»

«E allora non pensare al passato! Conta solo il futuro, adesso.»

«Forse hai ragione, però vedi...»

«Niente però. Hai un sogno che sta iniziando a prendere forma e anima, non soffocarlo per qualcosa, o qualcuno, che non ti merita». Fu allora che Luca lo abbracciò con trasporto, sussurrandogli un «Grazie» all'orecchio.

«Che carini quei due» disse Marta con fare bonario, dando una piccola gomitata a Sofia.

«E te, invece, che mi racconti? Come ti stai trovando?»

«Bene grazie. I tuoi sono squisiti, e i ragazzi della contrada super simpatici. E poi...»

«E poi?» la incalzò Marta, accigliandosi in una smorfia curiosa.

«E poi questo luogo è incantevole, sembra di trovarsi in una fiaba.»

«Tutto qui? Quel sorriso mi dice che c'è dell'altro...». L'amica si sforzò di non arrossire, concentrandosi su un paio di salici che delimitavano il filare in fondo al quale, da alcuni minuti, aveva cominciato a materializzarsi in lontananza la sagoma della sede della contrada.

«Cosa vuoi che ci sia? Sono solo rilassata, ecco. Mi ci volevano un paio di giorni di stacco, avevate ragione.»

«Ok, se lo dici tu. Toh, nemmeno il tempo di due passi ché siamo già arrivati. Stasera ti voglio carica, ché è l'ultima sera» le disse strizzandole l'occhio, facendole capire che non se l'era bevuta affatto.

Una volta arrivati nello spiazzo che dava accesso al locale bar furono accolti dal solito calore, nonostante l'atmosfera che si respirava fosse decisamente meno allegra e goliardica rispetto alla sera precedente. La sconfitta al fotofinish contro la nemica storica si faceva sentire eccome: non era una semplice corsa di cavalli ma un terno al lotto col destino e con il quieto vivere dei mesi a venire.

«Sarà meglio berci su, va là». La voce di Marco fece voltare i quattro verso l'unica panchina dell'area, seminascosta sotto un ciliegio pendulo che pareva voler inglobare il ragazzo nel suo abbraccio verdeggiante. Sofia non potè far a meno di notare che, tra tutti gli occhi presenti, quelli di Marco non facevano altro che cercare i suoi. Sentì un brivido alla schiena e il solito fastidio allo stomaco, stavolta più intensi e accompagnati da un leggero aumento dei battiti del suo cuore. Non poteva più far finta di nulla o, peggio, mentire a sé stessa: Marco stava iniziando a entrarle in testa.

«Oh bimbi, l'è pronto a tavola!». La voce piena e acuta di Mario Lupi, anima del Puntone, echeggiò nell'aria qualche istante, prima che tutti voltassero le spalle al ragazzo seduto sulla panchina e muovessero in direzione della tavolata, che per godere del fresco della sera era stata apparecchiata all'aperto, proprio al centro del grande spiazzo in cemento. Sofia, destatasi da dolci pensieri, fece per seguire gli altri quando percepì un bisbiglio alle sue spalle:

«Pss, ehi. Tu hai fame?». Lei fissò Marco e, cercando di non farfugliare, provò a mettere insieme qualche parola sensata:

«A dire il vero non molta.»

«Nemmeno io. Mi fai compagnia?» rispose Marco brandendo un baio di birre. Sofia inspirò, riuscendo per la prima volta a tenere lo sguardo fisso sulle iridi color pece del ragazzo:

«Con piacere.»

«Allora, come ti sei trovata in mezzo a 'sta gabbia di matti?»

«Bene, non pensavo di riuscire a staccare così tanto in poche ore» rispose Sofia una volta sedutasi sulla panchina, accanto a lui.

«Staccare da cosa?»

«Da diverse cose, in realtà. Lavoro, progetti e...»

«Te stessa» completò la frase Marco, cogliendola di sorpresa.

«Sì, anche. O meglio, da una parte di me stessa.»

«Quale?»

«Quella più infelice. Credo sia arrivato il momento di far uscire allo scoperto la vera Sofia...»

«Alla vera Sofia!» esclamò il ragazzo alzando la birra sotto gli occhi divertiti di lei, che non riuscì a trattenere una risatina. Marco la fissò per un istante, accorgendosi di come, grazie alla luce dei lampioni che filtrava dalla chioma folta dell'albero, la ragazza risplendesse di un bagliore nuovo, leggero e dannatamente sensuale.

«Raccontami del lavoro. Parlavi di un progetto se non ho capito male...» riprese lui aprendosi un'altra birra.

«Mah, non vorrei annoiarti...»

«Sono tutt'orecchi».

Sofia non aspettava altro: qualcuno che la ascoltasse davvero, qualcuno esterno alla sua *routine* e, soprattutto, estraneo al suo passato. Qualcuno di diverso da lei nei modi e negli atteggiamenti e, al tempo stesso, simile alla persona che aveva sempre desiderato trovarsi accanto in quel preciso momento. Parlarono per oltre un'ora, ignorando bellamente le urla provenienti dal tavolo, che ogni tanto si levavano per chiamarli.

Lui le prese la mano, stupendosi dei suoi modi che mai, fino a quella notte tiepida, erano stati tanto dolci nei confronti di una ragazza. Si fissarono qualche secondo, in silenzio, prima di abbracciarsi, fondendosi nel gesto stesso che dà senso ad ogni rapporto umano. In quello spazio di mondo, d'un tratto escluso dalla logica del tempo, contavano solo loro due. Alzando per un istante gli occhi alle stelle, Sofia liberò una lacrima, sorridendo fin quasi a deformarsi il viso: la felicità esisteva, eccome se esisteva.

11

Cambio, cambio, cambio di mentalità
Datemi, datemi, datemi un'altra identità
Cambio, cambio, cambio di mentalità
Voglio, voglio un'altra possibilità!

Negrita, Cambio

Pisa, il giorno seguente

Il rientro alla normalità fu più dolce di come se lo erano immaginati: il weekend appena trascorso aveva ridato loro linfa vitale per proseguire nei rispettivi obiettivi umani e professionali. Entrarono in casa con un senso di leggerezza che non avevano mai provato tutti contemporaneamente. Marta, oltre ad aver trovato la *location* per il rifugio che lei e Francesca avrebbero gestito assieme, era anche riuscita a trovare qualcuno che avrebbe potuto aiutarle con le pratiche burocratiche: permessi, documenti, capitolati e presentazione del *business plan*.

Ora, avrebbero "solo" dovuto trovare uno o più finanziatori, dato che le liste per ricevere aiuti economici dalla Regione erano colme. Servivano investitori, perché il loro sogno non avrebbe potuto aspettare i tempi biblici delle prassi italiane. Un passo per volta e avrebbero messo a posto tutti i tasselli, di questo Marta ne era certa. Occorreva solo pazienza: intanto, c'era da godersi le belle notizie, che volle condividere subito al telefono con Francesca.

«Pronto, Franci! Non ci crederai ma grazie a mio padre proprio stamane, prima di partire, ho trovato un contatto che ci può dare una mano coi permessi e tutte le altre questioni burocratiche. Un tizio che sta al comune, suo ex collega. Non è fantastico?»

«Ma è favoloso Marta! Che ne dici se ci becchiamo domani e facciamo il punto per trovare chi ci aiuta coi soldi? Io da parte ho qualcosina, i miei già mi hanno dato la loro disponibilità ma temo non basti...»

«Tranquilla, ne parliamo con calma. Per oggi godiamoci il vento in poppa, socia. Aperitivo al *Newroz* per le sette?»

«Andata!».

Dopo aver messo giù con l'amica Marta si lanciò sul letto, fissando il soffitto panna: il sogno stava per avverarsi. Alzò le mani verso l'alto e, pregustando già il volto sorridente dei suoi amati animali, lasciò che gli occhi si socchiudessero a poco a poco. Giacomo, nel mentre, ricaricato dal weekend era già intento a preparare la valigia per ripartire: di lì a un paio di giorni sarebbe volato in

Egitto per cominciare una nuova avventura professionale e umana. Viaggiare, per lui, era sempre stato motivo di crescita, e non in misura minore un'occasione preziosa per aggiungere consapevolezza al suo essere "cittadino del mondo".

«Ehi, viaggiatore, non perdi tempo vedo» lo punzecchiò Luca, aprendo la finestra e spaparanzandosi sul *pouf* che stava in terrazza.

«Sono gasatissimo, te lo giuro» rispose l'amico, cacciando nel trolley un paio di magliette pulite che non aveva usato a Bientina: «Questa due giorni mi ha messo addosso una voglia di viaggiare ancora più forte: fosse per me partirei ora, te lo giuro.»

«Credo che questo weekend abbia messo addosso un po' a tutti qualche voglia, vero?» rispose Luca, lanciando uno sguardo divertito a Sofia, che per tutta risposta divenne rossa come un peperone. Già, Sofia. La serata trascorsa sulla panchina a parlare con Marco l'aveva riportata in contatto con la parte più autentica e intima di sé, quello stesso angolo che per troppo tempo aveva soffocato e nascosto per paura di soffrire ancora. E adesso, dopo solo poche ore, percepiva forte e nitida la mancanza di quegli occhi scuri, profondi e dannatamente sensuali nei quali si era illusa di non perdersi. Ma ciò che ancora di più le stringeva lo stomaco in un nodo era la pace, la quiete che aveva provato nel confidarsi con il ragazzo. Nessuno, nemmeno il suo ex, era riuscito a tal punto a metterla a proprio agio.

«Ohi, Sofi, sei con noi?» chiese Giacomo, toccandola dentro. La ragazza non rispose, abbozzò un sorriso e se ne andò in camera, per godere in solitaria del profumo di

Marco che le era entrato in testa e che non avrebbe voluto condividere con nessuno. Sedette alla scrivania e accese il pc, rinvigorita: non solo farfalle, non solo emozioni e sensazioni leggere, vaporose, ma anche una nuova fiducia in sé stessa. Il weekend le aveva donato, *in primis*, ciò che forse le era mancato di più: la vera Sofia.

Aprì la cartella del progetto, cliccò sul file della lettera di presentazione e lo cancellò senza nemmeno rileggerlo. Si mise alla tastiera, e dopo un quarto d'ora rilesse tutto a voce bassa, lo salvò e richiuse il pc, sdraiandosi sul letto col telefono in mano. Lei e Marco si erano scambiati i numeri, prima di salutarsi, ma nessuno dei due aveva ancora scritto all'altro: in fondo, non c'era motivo.

Forse.

O forse sì.

Il tarlo del dubbio iniziò a morderle la bocca dello stomaco: avrebbe dovuto scrivergli? Ma poi, per dirgli cosa? E se si fosse immaginata tutto? Lanciò il cellulare sul cuscino e riaccese il pc: era ora di concentrarsi sul progetto. Riprese da dove era rimasta prima di partire per Bientina, ma non le ci volle molto per accorgersi che la sua testa non era lì.

"Al diavolo!" pensò chiudendo per la seconda volta in pochi minuti il computer. Fece per uscire dalla stanza quando il telefono prese a squillare, facendola sobbalzare.

Era Marco.

12

Sono un ragazzo fortunato
Perché m'hanno regalato un sogno
Sono fortunato
Perché non c'è niente che ho bisogno

Jovanotti, Ragazzo fortunato

La telefonata durò un minuto scarso, ma a Sofia parve un'intera vita per via dell'insieme di emozioni che la voce di Marco aveva scatenato. Dopo la chiamata mise il telefono in tasca e uscì dalla stanza quasi frastornata, incappando nel volto sorridente di Marta che stava mettendo su il caffè.

«Ne vuoi un po'?»

«No grazie, sono già abbastanza su di giri di mio». Gli occhi dell'amica la inchiodarono curiosi, sgranandosi come raramente le era capitato di vedere.

«Beccata... Marco, non è vero?». Sofia tentennò, arrendendosi all'evidenza. In fondo, dopo la sera precedente, anche un cieco si sarebbe accorto che quei due si piacevano.

«Sì, Marta. Scusa se non te ne ho parlato subito ma è stato tutto così rapido che, ecco...»

«Ohi, Sofi, non ti starai mica innamorando di quello scapestrato di mio fratello, eh?» la punzecchiò l'altra, facendole l'occhiolino mentre soffiava sul caffè bollente. Sofia divenne di tutti i colori: se c'era una cosa che non aveva mai imparato a fare era dissimulare. Un libro aperto sarebbe di sicuro apparso meno esplicativo delle espressioni che provenivano dal suo volto.

«Sei cotta, lo immaginavo» riprese la parola Marta, «e immagino che tu stia impazzendo nell'attesa che lui ti richiami. Fa sempre così, quel balordo: illude e poi sparisce». Bevve un sorso di caffè e si voltò verso il frigo per prendere il latte, ma fu la risposta di Sofia a farla sussultare:

«A dire il vero mi ha chiamato lui, qualche minuto fa.»

«Bella questa. Mi stai prendendo in giro, non è vero?»

«No, te lo giuro.»

«E che voleva? Bullarsi di quanto fosse stato bravo a farti cadere ai suoi piedi in poche ore?» ridacchiò Marta che, conscia del menefreghismo e del cinismo del fratello, già prevedeva il finale di quella storia.

«A dire il vero» ribatté Sofia, «mi ha chiesto di vederci dopodomani». Marta sputò il caffè nel lavandino, ché per poco non si strozzava:

«E dove?»

«Qui a Pisa... Dice che deve vedersi con un amico e,

insomma, già che c'era mi ha proposto di cenare assieme...». A Sofia brillavano gli occhi, tanto che l'amica si schiuse in un sorriso dolce e la abbracciò, sussurrandole poche parole all'orecchio:

«Se ti farà soffrire, giuro che dovrà vedersela con me». Sofia fece per risponderle, ma un tonfo proveniente dalla stanza di Giacomo le fece sussultare entrambe.

«Tutto bene là dentro, Giacomino?». La porta si aprì e il ragazzo uscì con uno zaino e un trolley stracolmi, che a malapena stavano chiusi.

«Sì, tutto alla grande, è che non so più come farci stare le cose». L'Egitto era lontano ormai solo una manciata di ore: di sera aveva il volo che, da Pisa, lo avrebbe portato a Roma, e da lì dritto al Cairo. Qui, ad aspettarlo, lo attendeva Christian, amico di vecchia data, grazie al quale si era ritrovato in mezzo a quella nuova, stimolante avventura.

«Mi raccomando» proruppe Marta, «appena arrivi chiamaci eh! Vogliamo sapere tutto. Alla fine siamo una famiglia, o no?»

«Puoi dirlo forte!» esclamò il ragazzo, seguito con lo sguardo da Sofia, che abbassando appena il mento confermò. «A proposito di famiglia, dove diavolo è sparito Luca?» chiese Giacomo, riempiendosi una tazzina di caffè.

«Sono qui» rispose una voce proveniente dall'anticamera.

«Allora, sei pronto? Dai che si va in aeroporto.»

«Mai stato più pronto. Egitto, arrivo!».

I quattro si abbraciarono, come erano soliti fare quando qualcuno doveva intraprendere un nuovo percorso esistenziale: assieme avrebbero affrontato qualsiasi cosa la vita avesse in serbo per loro. Giacomo atterrò in terra egiziana alle nove di sera, dopo un viaggio tutto sommato liscio e senza particolari intoppi. Non appena fuori dalla porta degli arrivi una voce dall'accento vagamente toscano lo fece voltare:

«Certo che non invecchi mai tu, eh Giacomino?». Il volto guascone di Christian gli si piantò dinanzi agli occhi, obbligandolo a mollare trolley e zaino per poter stringere a sé l'amico come un bene raro, prezioso.

«Ho preso da te, Chris!»

«Dai andiamo, ché ho la macchina qui davanti con le quattro frecce». Giacomo scosse il capo, prendendo le valigie:

«Vedo che non sei cambiato di una virgola».

Dopo una ventina di minuti passati tra i clacson del Cairo giunsero in hotel, una struttura tutta acciaio e vetro figlia dell'architettura del nuovo millennio che aveva da tempo preso piede in quella zona della capitale egiziana.

«Possiamo anche mangiare qualcosa, la sala ristorante per fortuna chiude alle undici.»

«Ottimo, sto morendo di fame» replicò Giacomo mentre lasciava le valigie in una stanzetta della hall indicatagli dalla receptionist.

«Ci credo, volare mette fame, almeno a me. A proposito, a cena ci saranno anche alcuni colleghi del *tour*, così potrete conoscervi con calma. Domani mattina staremo tranquilli, ma dal pomeriggio partiremo con l'itinerario.»

«Va benissimo, non vedo l'ora. Ah, Christian...»

«Sì?»

«Grazie di cuore, davvero. Sai quanto conti per me

viaggiare e stare tra la gente». L'amico si limitò a sorridergli e, dopo avergli toccato una spalla, indicò il bar dell'albergo:

«Se proprio vuoi ringraziarmi, offrimi un aperitivo».

Se ne stavano seduti da un quarto d'ora quando accanto a loro si accomodarono due giovani della stessa età, che si scambiarono un paio di battute in italiano.

«Turisti...» sussurrò Christian: «In questa stagione è pieno...». Giacomo sorrise e bevve l'analcolico quasi d'un fiato, quando la sua attenzione fu catturata dai due avventori. Questi ultimi, infatti, erano piuttosto brilli e non si resero conto di parlare a voce alta:

«Anche te che vai a fidarti degli indiani! Te la sei cercata...»

«Ma che ne so da dove veniva? Forse dal Bangladesh... Ad ogni modo stessa gente: voglia di lavorare zero, altro che balle!».

La pelle di Giacomo iniziò ad accapponarsi e, in simultanea, una improvvisa vampata di calore lo colse impreparato: seppur raramente, aveva già sperimentato ciò che la rabbia e l'indignazione erano in grado di produrre sul suo corpo. Christian si accorse subito che l'incarnato dell'amico cambiava colore in un batter d'occhio e, per non sbagliare, provò a distoglierlo dalla discussione dei loro vicini di bancone:

«S'è fatta una certa, che ne dici di andare in sala ristorante? Gli altri saranno qui a momenti. E poi, anche io comincio ad avere una certa fame...». Parole che caddero nel vuoto: Giacomo non distoglieva di un millimetro lo sguardo dai due. A un tratto il primo che aveva parlato, accorgendosi di lui, gli domandò:

«Beh, che hai da guardare?»

«Ma le sembra il modo?»

«Giacomo, lascia stare, dai, andiamo a cena...» si intromise Christian, consapevole che la situazione da tranquilla che era avrebbe potuto degenerare facilmente. L'altro però anticipò tutti, mettendosi a sbraitare in evidente stato di alterazione.

«Come dici, scusa?!»

«Mi stupisco che ancora c'è gente che si crede superiore agli altri solo perché di una "razza" differente... Dovrebbe vergognarsi!» rispose Giacomo, alzatosi in piedi.

«Ehi ehi, stiamo calmi, ok? Siamo qui per lavoro, non cerchiamo rogne, ora andiamo a cena...» disse Christian tirando per un braccio l'amico e portandolo a debita distanza dai due.

«Sarà meglio per voi!» bofonchiò uno di essi, prima di svuotare d'un fiato il calice di prosecco che aveva davanti.

«Dai Giacomo, ti prego, lascia stare, non ne vale la pena, sono due ubriachi ignoranti. Ti scongiuro...». Il ragazzo fece per ribattere, quando una voce femminile alle sue spalle lo anticipò, facendolo voltare di scatto:

«Christian ha ragione, non ne vale la pena. Piuttosto, questa cena?». Giacomo rimase a bocca aperta, incapace di proferire parola: la voce non solo aveva un volto, ma era anche il più bello che lui avesse mai visto in vita sua. Una folta chioma nero corvino incorniciava sbarazzina un viso giovanile, al quale non era facile dare un'età precisa. Le gote erano color fragola e la pelle – oh, la pelle! – pareva d'ambra, come uscita da uno dei romanzi di Salgari che Giacomo per anni aveva divorato nella penombra della sua cameretta.

«Piacere, Raja» allungò la mano la ragazza, schiudendosi in un sorriso appena accennato, per poi aggiungere: «Mi ha detto Chris che sei nuovo, benvenuto in squadra.»

«Piacere mio, Giacomo...» rispose lui impacciato, tentando di nascondere l'emozione che, a partire dal rossore del suo viso, lo aveva già tradito.

«Sei provvidenziale come sempre, Raja» intervenne a quel punto Christian, che poi chiese alla ragazza: «Gli altri stanno arrivando?»

«Hanno avuto un imprevisto, rientreranno tardi. Possiamo accomodarci».

Una volta a tavola, Giacomo non si ricordava nemmeno più dello screzio avvenuto pochi minuti prima al bancone del bar della *hall*. Raja pareva brillare di luce propria, sotto il lampadario della sala ristorante: il trucco leggerissimo rendeva ancor più leggeri i suoi lineamenti, tanto da farla sembrare d'un altro tempo.

«Allora, com'è andato il volo?» ruppe il ghiaccio la ragazza, addentando l'antipasto di verdure che il cameriere aveva appena portato in tavola.

«Bene, grazie». Giacomo aveva la bocca impastata e dovette bere un goccio d'acqua per rimettere in moto le ghiandole salivari: «Bene, grazie...» ripeté impacciato.

«Non sei un tipo di molte parole, eh?» gli sorrise Raja, stordendolo coi suoi occhi profondi come il mare.

«Sono solo un po' stanco dal viaggio, tutto qui. Una dormita e passa tutto, domani sarò al top» riprese il controllo il ragazzo, facendo un mezzo occhiolino a Christian che parve non cogliere il gesto d'intesa.

«Dormire? Ahahahah!» proruppe in una risata fragorosa Raja, inchiodata dagli occhi sbarrati dei due: «Stasera c'è un party imperdibile vicino al vecchio molo. Ovviamente siamo tutti e tre in lista». Christian trattenne a stento una risatina, abbassando gli occhi verso il piatto con uno sguardo complice e divertito al tempo stesso.

«Tu non ne sapevi nulla, immagino...» lo apostrofò Giacomo.

«Perdonami, ma non ho resistito alla tentazione... e poi Raja è stata velocissima.»

«Già, Raja... e va bene, andiamo a 'sto party, ma non faccio mattina ve lo dico subito: sono a pezzi.»

«Ma sì dai, un paio di drink e tutti a nanna» chiosò la ragazza, ammaliandolo con un mezzo sorriso. In quel preciso istante Giacomo si rese conto di essere già stracotto di quella sorta di dea che gli sedeva dinanzi. Tutto a un tratto ogni piano, ogni idea e ogni previsione che si era costruito parvero sgretolarsi di fronte a quella presenza tanto imprevista quanto luminosa, capace in pochi minuti di stregarlo come la migliore delle fattucchiere.

Finita la cena chiamarono un taxi, che dopo una ventina di minuti li scaricò davanti al club. Scesero dall'auto e fu Raja a far da guida, stretta in un vestitino grigioperla che risplendendo alle luci della sera donava alla sua pelle riflessi dorati. Dopo un breve scambio di battute in arabo con uno dei preposti all'ingresso, Raja si voltò verso i due ragazzi e gli fece cenno di seguirla dentro al club, passando oltre le transenne e davanti a una lunga fila di persone accalcate in attesa di entrare.

«Wow!» si stupì Giacomo: «Come i veri *vip*!»

«Un piccolo favore in cambio di un paio di biglietti

per un tour del Nilo, nulla di che. *Do ut des*, come dicevano i romani, o sbaglio Chris?»

«Non sbagli. Allora, drink e ci buttiamo tutti in pista?». Giacomo odiava ballare: non ne era mai stato capace e, soprattutto, era una delle cose più imbarazzanti che avesse mai provato in vita sua.

«Sul drink ok, anche due, ma sul ballo, ecco, preferisco lasciar fare a chi è capace» mise le mani avanti Giacomo cercando di buttarla sul ridere, appoggiandosi al bancone in attesa del cocktail. Raja lo inchiodò con quei dannati occhioni scuri, arma più potente di qualsiasi stratagemma:

«E dai! Solo un pezzo, promesso...» lo invogliò la ragazza, mentre Christian le faceva eco:

«Ma sì, Giacomino, dai! Cosa vuoi che sia? Siamo qui per divertirci... Scusatemi un attimo» disse a un tratto Christian, alzandosi dallo sgabello e dirigendosi verso una bionda che lo aveva salutato, proprio al centro della pista.

«E così ti piace viaggiare» riattaccò Raja, alzando la voce per farsi sentire in mezzo a quell'insieme di musica e risate che riempiva il club.

«Parecchio. Non so stare fermo nello stesso posto per troppo tempo, ecco» rispose Giacomo sorseggiando il Gin Tonic, incapace di levare gli occhi dal corpo sinuoso di quella ragazza. A un certo punto la musica cambiò e partì a tutto volume *Sweet Dreams* degli Eurythmics versione remix: la ragazza si alzò in piedi di scatto, mollò il drink quasi vuoto sul bancone e prese per mano Giacomo, trascinandolo senza nemmeno dargli il tempo di opporsi.

«Nooo, il mio pezzo preferito! Questa va ballata per

forza!». Tra un paio di spintoni e un «Permesso...» i due si ritrovarono in pochi secondi al centro della pista, illuminati solo dalle luci stroboscopiche che parevano dare ai loro corpi una leggerezza incredibile, propria di un tempo che esisteva solo nella loro mente. Raja, a pochi passi da Giacomo, iniziò a ballare da sola, quindi si avvicinò a lui, sfiorandolo ad ogni movimento, ad ogni cambio di passo, ad ogni mutamento di ritmo e di melodia.

Sembrava nata per ballare, come se la musica avesse sempre fatto parte di lei, del suo corpo e persino delle sue stesse cellule. Lui provò a imitarla: il drink, unito al vino bevuto a cena, gli aveva tolto i freni inibitori e, seppur goffamente, Giacomo si improvvisò ballerino di dance, cercando di ricordare qualche passo visto da un vecchio amico anni addietro. Finita la canzone lei si avvicinò lesta al ragazzo, urlandogli nell'orecchio:

«Ma sei bravissimo!»

«Se lo dici tu...» replicò lui, fissandola. Ora che l'aveva per la prima volta a pochi centimetri da sé, dovette lottare con tutte le sue forze per trattenersi dal baciarla. "Quanto sei bella" pensò, proprio mentre Christian li raggiungeva con un sorrisone stampato in faccia. Raja lo guardò divertita, punzecchiandolo:

«Dove hai lasciato la bionda?»

«Lunga storia, vi racconterò. Ultimo drink?»

«Andata!» rispose Giacomo, galvanizzato dalla performance danzereccia appena portata a termine: un punto a suo favore, nella sua personalissima scalata verso Raja. Di drink ne bevvero altri tre, tirando l'ora di chiusura. Quindi, usciti dal club, Christian chiamò un taxi, quindi toccò dentro i due amici indicando la ragazza con la quale si era assentato prima.

«Bella, vero?»

«Che diavolo ci fai ancora qui?» lo inchiodò Raja, che poi aggiunse: «Trova un modo per tornare con lei o giuro che non ti parlo più.»

«Se la metti così...» ridacchiò lui, alticcio, incamminandosi verso la bionda che continuava a lanciargli occhiatine tutt'altro che disinteressate. Poi, girandosi, Christian fece loro l'occhiolino, concludendo:

«E voi due fate i bravi, mi raccomando». Giacomo arrossì, nonostante i drink in corpo, cosa che non sfuggì alla ragazza, che rispose a Christian con una smorfia ironica e una frase laconica:

«Faremo del nostro meglio... A domani».

Dopo essere scesi dal taxi, Giacomo e Raja fecero ingresso in hotel semi-barcollanti: il viaggio tra le curve del Cairo non aveva fatto altro che amplificare l'effetto dei numerosi drink che si erano scolati durante la serata e, all'alba delle quattro, gli effetti delle bevute iniziavano a farsi sentire.

«Mamma mia... Era da tanto che non mi divertivo così...» disse lei aggrappandosi al braccio del ragazzo, che una volta entrato nella hall fece un cenno alla *receptionist* per riavere le valigie che aveva lasciato nella stanza adibita ai bagagli.

«A chi lo dici... e pensare che tra poche ore inizierò ufficialmente il mio nuovo lavoro... Non so se è meglio ridere o piangere» chiosò ironico Giacomo, chiamando l'ascensore e domandando: «A quale piano stai?»

«Non mi dirai che vai a dormire?» replicò lei, lasciandolo di sasso: «Che ne dici di fare after assieme? Ho un paio di birre in camera, potremmo vederci un film se ti va...»

«Beh, ecco, mi piacerebbe, ma non credo sia il caso, domani...» ma Giacomo non fece in tempo a finire la frase ché le labbra di Raja si erano già posate sulle sue, zittendolo, proprio mentre l'ascensore si apriva dinanzi a loro. Nel giro di pochi istanti tutto il mondo attorno a lui parve perdere peso, senso e proporzione: Giacomo si trovò catapultato in una galassia leggera, eterea e intangibile, fatta della stessa materia dei sogni. Gli stessi sogni che, con quel bacio, parevano avverarsi di colpo.

«Raja, non so se è una buona idea...». Lei però lo baciò una seconda volta, più intensamente, quindi sussurrò, mordicchiandogli l'orecchio:

«Se ne hai di migliori, dimmelo...»

«A dire il vero, no» rispose il ragazzo, incredulo. Giunti al terzo piano, Raja lo annegò nel mare dei suoi occhi scuri, infine gli chiese:

«E quindi, mi fai compagnia?».

Giacomo si limitò a sorriderle e, seguendola, richiuse alle sue spalle la porta della suite 307.

13

Ho imparato a sognare
Quando inizi a scoprire
Che ogni sogno
Ti porta più in là
Cavalcando aquiloni
Oltre muri e confini
Ho imparato a sognare da là

Negrita, Ho imparato a sognare

Pisa, due giorni dopo

Da quando si era alzata, Sofia non era riuscita un istante a ignorare le farfalle che le vagavano per lo stomaco. Era l'ora di pranzo ma di mangiare non se ne parlava: a metà pomeriggio Marco sarebbe arrivato e, dopo un saluto all'amico, l'avrebbe raggiunta al *Newroz* per l'aperitivo, come da accordi. Sofia si strofinò il piercing e svuotò d'un fiato mezza bottiglia d'acqua: mai si era sentita così su di giri, neppure quando, ancora adolescente, aveva sperimentato la prima cotta per il suo compagno di banco.

La voce di Luca la distolse dall'immagine del volto di Marco, che da tre giorni si era impossessata non solo dei suoi sogni ma anche delle sue ore di veglia. Persino il progetto per il quale aveva sofferto, sudato e nondimeno perso parecchi sonni, pareva ora passato in secondo piano di fronte all'uragano provocato dal fratello di Marta: uno sconquasso degno della più dolce e totalizzante delle storie, che d'un tratto la fece rabbrividire.

"E se mi stessi immaginando tutto?" pensò Sofia camminando avanti e indietro per la stanza, fissando i vestiti che aveva tirato fuori dall'armadio per l'appuntamento. Lo spettro della paura e della disillusione le si infilò in pancia, stordendola. Proprio ora che aveva iniziato ad assaporare il profumo della felicità, non voleva nemmeno pensare a qualcosa di diverso da quella sensazione di vaporosa leggerezza nella quale era sprofondata da un paio di giorni. Cercando di cacciar via brutte sensazioni, si mise davanti allo specchio per provarsi l'outfit che avrebbe indossato alla cena con Marco: la sua t-shirt preferita e un paio di jeans, corredati dagli inseparabili Dr. Martens ai piedi. Non era fatta per abiti eleganti: solo così si sentiva a proprio agio e, quella sera, non avrebbe certo voluto sorprese.

L'ora dell'appuntamento arrivò in fretta e così, alle sei spaccate, Sofia si trovava davanti al *Newroz* camminando nervosamente avanti e indietro, torturandosi il piercing al naso con insolita frequenza. Passarono dieci minuti e di Marco neppure l'ombra. "Ecco, lo sapevo, sono una povera stupida" iniziò a pensare, percependo lo sconforto montarle tra le viscere alla stregua di un pugno. Fece un paio di passi verso l'ingresso e poi tornò indietro, del tutto simile a un'anima in pena, quando una voce la fece voltare:

«Stavi già pensando che ti avessi bidonata, non è vero?». Il volto di Marco fece capolino davanti a lei: il ragazzo aveva un paio di jeans strappati e una maglietta degli Iron Maiden ormai lisa. Ciò che però colpì Sofia con ancor più forza rispetto al passato fu la profondità di quegli occhi neri, che già parecchie volte le avevano fatto visita durante i suoi sogni. Cercò dunque di rispondere dissimulando, per quanto possibile:

«No, figurati, non mi ero nemmeno accorta dell'orario, tranquillo.»

«Bene, allora birretta e poi cena?»

«Certo».

Sedettero a un tavolo da due in un angolo dello spazio esterno del centro autogestito, dove i ragazzi avevano approntato un *dehor* di tutto rispetto per la bella stagione.

«Hai beccato il tuo amico?» chiese Sofia dopo un sorso di birra.

«Sì, di pomeriggio. Mi ha... asciugato, ahahahah» rise lui.

«Come mai?»

«Bravo ragazzo eh, ma quanto parla! Piuttosto, non ti ho detto tutto sul perché sono qui.»

«Sarebbe a dire?»

«Ho avuto un'idea, a cena ti spiego tutto, ora godiamoci la birra. A proposito, carina la maglia» disse Marco indicando il simbolo dei Nirvana che, giallo intenso, si stagliava sulla t-shirt nera di Sofia.

«Vedo che anche tu non scherzi in quanto a band» prese confidenza lei bevendo metà birra. Passarono la successiva mezzora a parlare di musica, di band, di concerti e di serie tv: mai Sofia si era sentita così a proprio agio, scoprendo col passare dei minuti quanto quel ragazzo fosse complementare a lei e al suo modo di approcciarsi al mondo. Nonostante i modi esuberanti, Marco le trasmetteva fiducia, quella che da tempo pensava di non poter provare più nell'ambito di una relazione sentimentale. Vuoi questo, vuoi la birra, per un istante si guardò dall'esterno, mettendo a fuoco una Sofia nuova, del tutto incline al sorriso, raggiante e sicura di sé.

Dopo un paio di giri pagarono e uscirono dal *Newroz* avvolti dal tramonto arancio, che sul finire di luglio pareva non volerne sapere di cedere il passo alla notte. L'aria fresca li accompagnò verso il bistrot, a pochi passi da lì, dove avrebbero cenato.

«Hai intenzione di tenermi sulle spine ancora a lungo o mi dici cosa hai in mente?» ruppe il silenzio Sofia, riuscendo per la prima volta a prendere lei la parola.

«E va bene, ma ti consiglio di sederti». La ragazza sgranò gli occhi, incredula: cosa diavolo aveva in mente Marco? Pensieri veloci come saette iniziarono ad affollarle la testa alla rinfusa, non impendendole però di rispondere trasudando una sicurezza della quale si stupì persino lei:

«Ecco, ora sono seduta. Vuota il sacco, coraggio» disse

dopo essersi appollaiata su uno dei panettoni di cemento posti all'ingresso del centro storico.

«Riguarda il tuo progetto» esordì serio Marco: «Ecco, dopo l'altra sera ho riflettuto parecchio e sono arrivato a una conclusione». Il cuore di Sofia per un istante sembrò arrestarsi, scosso da quelle parole che risuonarono nella sua testa con lo stesso peso di tanti macigni.

«Sarebbe a dire?»

«Credo che tu abbia bisogno di un socio, o quanto meno di qualcuno capace di darti una mano nell'avviamento della start-up e, guarda caso, mettermi in gioco nel campo del web è una delle cose per cui sarei disposto a sbattermi». La ragazza ebbe un capogiro, tanto che fu costretta a piantare i piedi per terra per non cadere. "Sto sognando... per forza" pensò rovistandosi i capelli, nervosa e al tempo stesso eccitata. Sì, perché quella era la parola che in quel momento la descriveva più di tutte: non solo Marco l'aveva richiamata ma, dietro quella telefonata, c'era la volontà di unirsi a lei in quello che fino ad allora era stato solo un progetto senza capo né coda.

«Puoi ripetere, scusa?» chiese infatti Sofia con un filo di voce.

«Hai capito benissimo. Voglio far parte del tuo progetto e, in realtà, anche di qualcosa di più...».

Fu in quell'istante che una vertigine, stavolta forte, colse la ragazza, obbligandola a sedersi a terra. Troppe novità, troppe emozioni tutte assieme, troppo di tutto. Eppure, non ne aveva abbastanza: doveva gustare fino all'ultimo sorso quella felicità che da troppo tempo aspettava; al diavolo le attese, i calcoli e le buone maniere.

Ora, contava solo vivere.

Sofia inspirò, facendosi forza per la domanda che avrebbe sancito la risposta che attendeva sin dal primo incontro con quel ragazzo dannatamente perfetto, ma fu lui a prenderla sul tempo e, inginocchiandosi davanti a lei, le prese il viso tra le mani e la baciò.

«Scusa, non so cosa mi è preso. Fai finta che non...». Nemmeno il tempo di finire la frase che Sofia, seduta sul selciato ancora caldo per il sole di luglio, lo tirò a sé con tutte le forze che le restavano e ricambiò il bacio, perdendosi nel profumo di quella pelle simile all'ambra.

«Lo prendo come un sì» le sussurrò lui all'orecchio, accarezzandole i capelli. Lei lo ribaciò, stringendolo a sé.

«Ma dove sei stato tutto questo tempo?»

«A far baldoria» rispose Marco strizzandole l'occhio.

«Scemo». Fu in quel momento che il telefono di Sofia prese a squillare: era il bistrot.

«Pronto? Sì, sono io» rispose lei, stranita, mentre Marco le accarezzava le mani: «No, si figuri, non c'è problema. Sarà per la prossima volta. Grazie per avermi avvisato.»

«Che c'è?» chiese lui, più per cortesia che per un reale interesse: l'unica cosa che voleva divorare era la ragazza che gli sedeva di fronte, stretta in una maglietta nera, barricata dietro due occhi chiari come la luna piena.

«Era il bistrot, hanno avuto un imprevisto e stasera sono chiusi. Pizza in giro?»

«Pizza in giro!» le fece eco Marco, rincarando: «E poi mi mostrerai il vostro appartamento, vero?»

«Ehi, non corriamo...» lo canzonò lei, conscia che quella sera, per la prima volta in vita sua, si sarebbe fatta trasportare dalla corrente. Ritirarono le pizze proprio mentre il sole emanava il suo ultimo barbaglio, sparendo dolcemente dietro le colline dell'entroterra e lasciando in dote alla città il tepore tipico delle serate estive. Decisero così di cenare al Giardino Scotto, che vista la stagione sarebbe rimasto aperto fino alle nove e mezza. Giunti all'ingresso, proprio sulla riva destra del Lungarno Fibonacci, Sofia si perse per un istante nel flusso calmo e regolare dell'acqua che accarezzava sinuosa le vie del centro, padrona di storie e memorie. Anche la loro storia, quella sera, sarebbe stata scritta tra le pieghe indelebili dell'Arno, che avrebbe donato alle emozioni e ai respiri il dono dell'immortalità.

«Beh, si entra? Ho una fame esagerata...». La voce di Marco la riportò alla realtà e alle pizze ancora fumanti che il ragazzo teneva in mano assieme al sacchetto con le birre. L'area verde si andava lentamente svuotando, vista l'ora, tanto che si piazzarono in mezzo al grande pratone centrale, rasato di recente. La prima cosa che fecero fu levarsi calze e scarpe per godere dell'erbetta fresca, che a contatto con le piante dei piedi li fece riconnettere con madre natura.

Sospirarono all'unisono: quella sensazione autentica e delicata, in pochi attimi, li aveva trasportati fuori dallo spazio-tempo del quotidiano, quasi prendendoli per mano. Finita la pizza si aprirono due birre, gustandosi l'aria della sera, che con l'arrivo del crepuscolo si era fatta un po' più fresca. Marco frugò nella tasca pescando qualcosa, che tenendo in mano rivolse a Sofia, chiedendole:

«Vuoi favorire?»

«No grazie, se fumo quella roba poi straparlo» ridacchiò lei.

«E che male c'è? In fondo, alle volte, abbiamo tutti bisogno di dire ciò che ci passa per la mente senza vincoli, inibizioni o schemi mentali. Dai, solo un tiro...»

«E va bene» rispose la ragazza stringendosi nelle spalle per un brivido improvviso, «ma se dico cazzate mi fermi, promesso?»

«Promesso».

Dopo qualche tiro si ritrovarono sdraiati uno accanto all'altra, persi nella contemplazione di quel cielo perfetto e luminoso che si ergeva maestoso e infinito sopra di loro.

«Hai mai pensato a cosa ci sia oltre ciò che vediamo?» chiese Sofia, prendendo la mano del ragazzo.

«A dire il vero, mai. Però, se qualcosa ci deve essere, spero sia una birra gigante!»

«Qui quello che straparla sei tu, mi sa...»

«Dai, dovresti aver capito che mi piace scherzare» disse Marco, cominciando a far scorrere la sua mano sulla coscia della ragazza.

«Anche questo sarebbe uno scherzo?» chiese sussurrando lei, languida.

«Non direi. Tu sei l'eccezione alla regola...». Il bacio che seguì fu ancora più intenso di quelli che si erano scambiati prima di cena: Sofia iniziò anche a strofinarsi addosso a Marco, in cerca di quel contatto fisico e primordiale che non aveva mai avuto con nessuno, neppure col suo ex. Una chimica inspiegabile la attraeva verso quel ragazzo più piccolo di qualche anno, dal volto sbarazzino, a tratti strafottente. E poi, quegli occhi... da perderci la testa. Lui le slacciò i jeans, aumentando al contempo il ritmo dei propri respiri, sintomo che non era solo il progetto che aveva a cuore, ma anche molto altro.

"Asseconda la corrente, Sofi, e al diavolo tutto il resto" pensò lei tra sé e sé nel levarsi la maglietta. Rimasta in reggiseno si mise sopra il ragazzo e iniziò a baciargli il collo, percependo il piacere di lui crescere a poco a poco, finché qualcosa li bloccò. Il suono del telefono di Marco vibrò in mezzo ai loro corpi ancora semi-vestiti, obbligandoli a staccarsi.

«Pronto?». Il viso del ragazzo divenne improvvisamente terreo, deformandosi in una smorfia: «Arrivo subito» concluse.

«Che succede?» chiese Sofia, rimettendosi la maglietta. Per la prima volta da quando lo conosceva, il ragazzo pareva turbato nel profondo, tanto da farla preoccupare.

«Era la madre di Flavio, l'amico che ho beccato questo pomeriggio» rispose Marco, cupo: «Ha avuto un incidente d'auto in tangenziale, ora è fuori pericolo ma lo terranno in osservazione tutta la notte...». Il ragazzo fece per riprendere, ma Sofia lo anticipò:

«Andiamo». Marco la fissò interdetto, non certo di aver capito bene:

«Come scusa?» domandò.

«Ho detto: andiamo. Ti accompagno da lui, guido io» replicò Sofia.

«Sei sicura?»

«Mai stata più sicura in vita mia». Lui restò un istante imbambolato, fissandola dritto nelle iridi color del cielo, quindi la abbracciò e la baciò, trattenendo l'emozione:

«Non so come ringraziarti, davvero...»

«Non devi, davvero. Faccio quello che mi sento. E poi, il mondo mica finisce stasera. Domani è un altro giorno».

Già, domani. Avrebbero avuto tutto il tempo di stare assieme, conoscersi, parlare del progetto in cui lui aveva deciso di buttarsi, aiutandola con alcune conoscenze in Valdera. Pensieri, pensieri, pensieri e ancora pensieri, ma stavolta tinti di azzurro e rosa, i colori della speranza e soprattutto dell'amore.

Una volta alla guida dell'auto di Marco, che il ragazzo aveva lasciato al parcheggio custodito del centro, Sofia pensò solo a una cosa: al futuro. Fra tutti i volti, le voci e i suoni che si palesarono in maniera confusa nella sua testa, di una cosa era certa: ora che aveva trovato la felicità, non se la sarebbe lasciata scappare per nulla al mondo.

14

Ma vedo il sole dei tuoi occhi neri
Oltre il nero opaco dei miei pensieri
E vivo fino a sentir male
Con la gola secca sotto al sole
Corri amore, corri amore
Che rumore fa la felicità?

Negrita, Che rumore fa la felicità?

La nottata al pronto soccorso fu per loro fortuna più breve del previsto: Flavio aveva riportato una brutta lussazione alla spalla, ma a parte questo e il gran spavento gli esami a cui era stato sottoposto avevano escluso scenari peggiori. Fu dimesso poco dopo mezzanotte con le raccomandazioni del caso. Furono Sofia e Marco a riaccompagnarlo a casa: in particolare Marco, vedendo Flavio camminare con le proprie gambe dopo averlo aiutato a scendere dalla macchina, una volta a casa lo salutò abbracciandolo, incapace di trattenere una lacrima.

«Guai a te se mi fai prendere un altro spavento del genere, chiaro?». Flavio sorrise, stordito un poco dagli antinfiammatori e dallo shock; ricambiando l'abbraccio, si rivolse a entrambi strizzando l'occhio a Sofia:

«Grazie davvero, e mi raccomando: tienilo d'occhio questo qui.»

«Ah, però, vedo che la voglia di scherzare non ti è passata, eh?» replicò Marco, accompagnandolo all'ingresso del portone. Flavio si schiuse in una smorfia mezza sorridente e lo abbracciò una seconda volta, prima di sparire dietro la porta di casa. Risalito in macchina Marco liberò le lacrime: troppa la tensione accumulata e, in egual misura, la paura di perdere uno dei suoi più cari amici, un'anima tanto simile alla sua e al contempo diversa.

Proprio come Sofia.

La ragazza lo strinse a sé senza dire una parola, accarezzandogli i capelli finché Marco socchiuse gli occhi, abbandonandosi tra le braccia di lei. Si lasciò avvolgere dal profumo di rosa misto a lavanda che emanava la pelle di Sofia, così inebriante da trasportarlo lontano con la mente: per un istante, immaginò lui e lei sdraiati su una spiaggia deserta del Madagascar, baciati dal sole dolce del tramonto e sfiorati dalla brezza tiepida dell'oceano.

«Vuoi venire da noi a dormire stanotte?». La voce soave di Sofia lo destò dal sogno, restituendogli il volto ambrato e meraviglioso del quale, contro ogni previsione, si era invaghito in una manciata di ore. Marco non risposе e, senza pensarci su due volte, la baciò sulle labbra con delicatezza. «Lo prendo come un sì...» aggiunse Sofia mettendo in moto.

Una volta entrati in casa, cercando di non far rumore, vista l'ora, si infilarono subito in camera di Sofia: nemmeno il tempo di levarsi i vestiti che il ragazzo, crollato letteralmente sul letto, cadde tra le braccia di Morfeo. Lei spense la luce e, dopo averne accesa una più soffusa, gli levò calze e scarpe, e sedendo accanto a lui restò a fissarlo un poco, prima di coricarsi. Nel lasciare che gli occhi le si chiudessero a poco a poco, giurò a sé stessa una cosa: non avrebbe fatto scappare Marco per nulla al mondo.

Dopo qualche ora le luci dell'alba avvolsero la città con soffusa delicatezza, rimettendo in moto la macchina della vita quotidiana. Marco e Sofia, assonnati come pochi, andarono in cucina a bere un caffè e lì trovarono Marta che sgranocchiava un biscotto.

«Ma guarda un po' chi si vede...» bofonchiò la ragazza indicando con un gesto del mento il fratello, che subito disse:

«Buongiorno sorellina.»

«Allora, com'è andata ieri sera? Mi pare bene...».

Dopo che i due ebbero raccontato a Marta sia della start-up sia ciò che era accaduto a Flavio, la sorella di Marco li abbracciò entrambi con la *verve* che la contraddistingueva, esclamando:

«Ma è fantastico! Cioè, intendo per il progetto di Sofia, non per il povero Flavio. Che ne dite se oggi uscissimo a pranzo con Francesca? Soci e parenti, wow!»

«Per me è ok» rispose il ragazzo.

«Per me pure» gli fece eco Sofia, sorridendo a Marta come mai le era capitato di fare in precedenza.

«Ottimo, giornata top! Ah, quasi dimenticavo: ieri sera abbiamo trovato il modo di superare gli inghippi burocratici e, soprattutto, un primo finanziatore. C'è di che brindare, direi.»

«Puoi dirlo forte» irruppe nella discussione Luca, palesatosi di colpo in cucina vestito di tutto punto: «All'agenzia mi trovo benissimo, ma c'è anche dell'altro.»

«Sarebbe a dire?» domandarono Sofia e Marta all'unisono.

«Ve lo dico a pranzo, sempre che io sia invitato...» rispose Luca strizzando l'occhio a Marta, che disse:

«Tu non devi nemmeno chiederlo, sei di famiglia. Allora resisteremo qualche ora!».

Il Cairo, nello stesso momento

La sveglia era suonata a un orario clemente: il vero lavoro sarebbe iniziato nel primo pomeriggio, come anticipato da Christian. Giacomo, una volta aperti gli occhi, se li stropicciò energicamente. Aveva ancora nella testa e nelle narici il profumo di Raja. Rigirandosi nel letto si accorse di essere solo. “Oh mio Dio, mi sono sognato tutto...” pensò per un attimo, sentendosi un idiota. Non poteva esserselo immaginato, nossignore: ciò che era accaduto la notte precedente era stato troppo reale per essere relegato a un semplice frutto della propria fantasia. Quella ragazza esisteva, eccome se esisteva, e lui ci era persino finito a letto. O, almeno, così credeva.

«Raja?» chiamò mettendosi a sedere nel letto. Nessuna risposta. Si alzò, pervaso di colpo da un disagio che mai aveva provato prima. Giunto alla porta del bagno la trovò chiusa. Bussò, chiamando una seconda volta.

Nulla.

“Ma che diavolo sta succedendo?” pensò Giacomo aprendo le tende per far entrare la luce del mattino. Inspirò, cercando di riportare i suoi pensieri a un livello di lucidità minima, nel tentativo di analizzare a ritroso le ore precedenti. Giunto al fotogramma in cui si era richiusa la porta della stanza alle loro spalle, sentì quella stessa porta aprirsi e, poco dopo, il volto luminoso di Raja fece capolino:

«Buongiorno» esordì la ragazza, schiusa in un sorriso degno di una diva e tenendo in mano un vassoio con la colazione: «Dormivi come un sasso e ho pensato di farti una sorpresa.»

«Buongiorno... Grazie...» replicò lui, stordito e al tempo stesso stregato dalle gambe di Raja, che con la luce del giorno parevano ancor più dorate e perfette.

«Tutto bene? Hai una faccia strana...»

«Ora che ti vedo, molto meglio» le disse, avvicinandosi a lei per perdersi nel profumo di sandalo e cedro, che sin dal loro primo incontro lo aveva rapito. Raja gli diede un bacio sulla guancia, e dopo aver appoggiato il vassoio sul tavolo sedette a far colazione, seguita a ruota da Giacomo, che a dirla tutta aveva fame solo di lei.

«Posso farti una domanda?» chiese la ragazza masticando un croissant.

«Spara» rispose lui, riacquistando a poco a poco quella sicurezza che gli era stata momentaneamente tolta da un risveglio tutt'altro che ordinario.

«Hai mai pensato di mollare tutto e partire?»

«Beh, in realtà l'ho appena fatto...»

«No, ma non per lavoro, intendo mollare tutto e partire per te stesso, per prenderti del tempo. In fondo, la vita scorre e noi abbiamo sempre meno tempo da dedicarci».

Giacomo tentennò un istante, cercando di riflettere su quelle parole. A conti fatti, in tutta onestà, sebbene gran parte della sua esistenza l'avesse passata in viaggio, era sempre stato per qualcosa riconducibile al lavoro o comunque a una necessità. Non aveva mai dedicato a sé stesso il tempo necessario, innanzi tutto pensando a cosa lui voleva realmente essere nella vita: sì, amava sentirsi cittadino del mondo, conoscere culture diverse dalla sua, ma si era mai detto "Ora mi fermo un tot e vado dove mi porta la corrente"?

Certo che no.

«A dire il vero no» rispose infatti Giacomo, «e tu?»

«Nemmeno io. E vuoi sapere il perché?». Il ragazzo annuì, sgranocchiando una fetta biscottata, quindi Raja disse: «Perché mi piacerebbe farlo con qualcuno, ma non l'ho mai trovato. Almeno fino a ieri sera...». Giacomo per poco non si strozzò e, dopo aver bevuto del succo per mandar giù il boccone, la interrogò con gli occhi. «Che ne dici?» sorrise lei, sorniona, portando la tazza di the fumante alla bocca.

Wow, quella sì che era una vera *sliding door*: dentro o fuori. Una di quelle situazioni nelle quali non si può pensare troppo e nemmeno perdersi a soppesare con chirurgica precisione ogni singolo aspetto o dettaglio della questione: ora contava solo l'istinto, il sesto senso, il cuore; e quello di Giacomo, volente o nolente, batteva già all'impazzata per quella dea seduta al suo fianco.

«Ci sto» disse Giacomo.

«Guarda che puoi prenderti del tempo per pensarci, se vuoi» replicò Raja alzandosi e mettendosi a sedere sul letto.

«Non mi serve» rispose lui, raggiungendola: «Nulla al mondo mi farebbe cambiare idea.»

«E dove pensavi di andare, tanto per cominciare?»

«Dove entrambi possiamo respirare il profumo di casa».

Il loro Bangladesh. Ne avevano parlato la sera prima al bancone del club, tra un drink e l'altro. Un destino comune pareva legarli, e d'altronde si trattava di un passato autentico, vivo, fatto di suoni, colori, profumi e tradizioni, che solo il paese natìo è in grado di regalare a chi sa ascoltarne il richiamo profondo.

«Non potevi rispondere meglio» sussurrò lei, con gli occhi divenuti improvvisamente lucidi.

«Ma come faremo col lavoro?» chiese Giacomo, d'un tratto ritornato a quel "dover essere" che ancora ne permeava pensieri, azioni e decisioni.

«Io direi di pensarci più tardi. O sbaglio?» rispose Raja, levandosi la canottiera e i pantaloncini.

«Non sbagli...».

L'amore che ne seguì fu tanto intenso da sembrare eterno, fuori dal tempo, immobile nell'estasi del piacere. Avrebbero detto la verità, a tutti, senza sotterfugi: era tempo di vivere davvero. Il domani, raggiante e limpido, li attendeva dietro la porta, mentre la felicità aveva già concesso ai due ragazzi di assaporare il suo gusto dolce e inebriante.

15

Lo bevo così amaro tanto ho la mente altrove
il sole era già alto e una ragazza disse love
ma che disse
disse love
ma che disse
disse love

Francesco Nuti, Son contento

«Allora, questa novità?» attaccò Marta rivolgendosi a Luca, una volta seduti a tavola tutti quanti nella loro trattoria di fiducia.

«Ecco, dopo i primi giorni di prova il mio supervisore mi ha convocato nel suo ufficio. Non vi nego che, lì per lì, ho sudato freddo...»

«E invece?» lo incalzò Sofia, curiosa.

«Invece voleva propormi un incarico nuovo, qualcosa che mai avrei pensato di poter svolgere».

Luca era visibilmente emozionato, glielo si leggeva in faccia: il suo incarnato aveva iniziato a tingersi a poco a poco di rosso e, soprattutto, un regolare ticchettio si era impossessato della sua mano, che lui muoveva a scatti regolari tamburellando i polpastrelli sulla tovaglia a quadri rossi e bianchi.

«Dai Luca, ché non abbiamo tutto il giorno a disposizione» lo canzonò Marta.

«Sono stato incaricato di disegnare alcuni completi per uomo nell'ambito di una kermesse di gala che avrà luogo tra un mese, a Firenze.»

«Ma è clamoroso! Non dirmi che è...»

«Si, proprio quella che stavi per dire!»

«Grandissimo!» si intromise Marco, scolando il secondo calice di bianco senza ancora aver mangiato nulla. Luca sorrise, mezzo imbarazzato ma trasudante soddisfazione:

«Allora, fosse per me, come sapete, ovvio che sì. Però è su inviti, vedo cosa riesco a fare. Ah, c'è un'ultima cosa: i primi tre classificati vinceranno un premio in denaro.»

«No, vabbè!» urlò Marta, facendo girare persino una coppia di ragazzi seduti dietro di loro: «Troppo ganzo! Così potresti aprire l'atelier che hai sempre sognato!»

«Sogni, Marta, solo sogni...» disse però Luca, riportando immediatamente, come era nella sua indole, i piedi per terra.

«E beh dici poco? Senza sogni che si vive a fare?»

«Hai ragione» annuì Luca, alzando il calice ed esclamando: «Ai sogni!»

«Ai sogni!» fecero eco gli altri, prima che Francesca si schiarisse la voce e informasse i suoi amici:

«Dunque, visto che siamo in tema di novità, anche io e Marta ne abbiamo una. Abbiamo scelto il nome per il rifugio: *Radici*...»

«Troppo bello!» la interruppe Luca, ringalluzzito dall'atmosfera che si era venuta a creare, mentre Marco strizzò l'occhio alla sorella, in segno non solo di condivisione ma anche di un riavvicinamento che da tempo mancava fra i due. Novità, sogni, speranze e desideri se ne stavano lì, a pochi centimetri di distanza: nemmeno il miglior scrittore avrebbe potuto raccontare cosa stesse scorrendo nelle loro vene e nei loro animi.

E le novità, a dirla tutta, mica erano finite.

«A proposito di Valdera» si intromise nuovamente Marco, versandosi il terzo bicchiere, «anche io e Sofia abbiamo qualcosa da dirvi». In quell'istante Sofia prese la mano del ragazzo stringendola forte, sotto lo sguardo incuriosito degli altri, in primis di Marta, che masticando un crostino in attesa del primo esclamò:

«Toh! Se non mi prende un colpo oggi, non mi prende più!»

«Ecco» disse allora Marco, insolitamente nervoso, «io e Sofia diverremo soci: la start-up avrà base a Buti e presto ci trasferiremo là per tutte le pratiche del caso. Prima che facciate domande, vi dico subito che l'idea è stata mia: è ora che metta la testa a posto e, soprattutto, che mi dedichi a qualcosa capace di farmi sentire davvero realizzato. Sofia, seppure inconsapevolmente, me ne ha dato l'occasione...».

Luca si schiuse in un sorriso commosso da mamma

chioccia, figlio di quella sensibilità che aveva sempre avuto e mai celato verso Sofia. Quella ragazza, infatti, tanto somigliava alla sorella che lui aveva sempre voluto e che mai aveva avuto, perlomeno in quanto a carattere e vicinanza. Francesca alzò il calice in segno di brindisi sotto lo sguardo di Marta, che forse per la prima volta in vita sua fu costretta ad ammettere di essersi sbagliata. Quel fratello con cui mai aveva legato, apparentemente cinico, egoista, stava ora mettendo sul tavolo, di fronte ai cuori di tutti, una scelta di vita che mai si sarebbe aspettata da lui. Mai infatti le era capitato di restare senza parole, cosa non sfuggì a Marco, che aggiunse:

«C'è un altro motivo per cui ho deciso di buttarmi in questa avventura: la persona che mi siede accanto» egli disse accarezzando la mano di Sofia, che fino ad allora era stata in silenzio e a capo chino, gustandosi quella felicità in solitudine. «Sofia» proseguì Marco, girandosi verso la ragazza e chiedendole: «Andiamo a vivere insieme?». Per Marta fu troppo: le lacrime iniziarono a sgorgare sul suo viso abbronzato, dipingendo un quadro dolce e materno. Due fette del suo cuore, seppur differenti e imprevedibilmente simili, stavano per unirsi e dare vita a qualcosa di unico. Sofia, liberandosi di antiche paure e vergogne, prese il volto di Marco tra le mani e urlò «Sì!», prima di baciarlo come se quello fosse l'ultimo giorno della loro vita.

Destini, sogni, speranze: intorno a quel tavolo era venuto fuori il lato più intimo dei ragazzi, il lato che li avrebbe accompagnati in futuro, cullandoli e facendo loro da scudo contro le avversità della vita. Nei brindisi successivi, il pensiero di tutti andò a Giacomo, lontano fisicamente ma non spiritualmente: un legame invisibile li univa, sin dal primo giorno in cui le loro vite si erano incollate tra le mura di quell'appartamento. Nel salutarsi, alla fine del pranzo, una domanda rimbombava nelle loro teste: per tutto quello che avevano da dare al mondo e a sé stessi, sarebbe bastata una vita?

EPILOGO

Che se cado una volta
Una volta cadrò
E da terra, da lì m'alzerò
C'è che ormai che ho imparato a sognare non smetterò

Negrita, Ho imparato a sognare

Notte di San Lorenzo

«Oh, ma allora sei vivo?».

La voce di Luca quasi fece sussultare Giacomo dall'altro capo del telefono, sotto lo sguardo divertito di Raja, che dopo varie pressioni era riuscita a convincerlo a raccontare tutto ai suoi amici. Con Christian e coi superiori dell'agenzia viaggi era stato tutto sommato semplice: avevano raccontato la verità sulle loro intenzioni, sulla passione scoppiata senza alcun preavviso, e in fin dei conti avevano quasi ricevuto una sorta di benedizione per la loro avventura, che sarebbe partita dal Bangladesh. Giacomo, però, un gran pezzo di cuore lo aveva a Pisa ed era giunto il momento, dopo qualche giorno passato a rimuginare, di rendere partecipi gli amici del radicale cambiamento che si prospettava per lui.

«Luca, amico mio, ciao!»

«Iniziavamo a preoccuparci...»

«Sto bene, tranquilli» disse Giacomo aggiornando l'amico su tutto, e dopo quasi venti minuti di telefonata mise giù, incapace di nascondere le lacrime per le parole di sostegno totale ricevute da Luca e dalle due ragazze, che in viva voce lo avevano sommerso di affetto, come solo la sua seconda famiglia era sempre stata in grado di fare.

«Che c'è?» gli chiese a quel punto Raja, avvicinandosi.

«Niente, serena. Sono i cambiamenti che mi agitano un po', ma poi passa.»

«Tranquillo, li affronteremo insieme. Siamo una squadra, no?». Lui la baciò, stringendola a sé, prima di risponderle sussurrandole a un orecchio:

«Siamo molto di più, tesoro. Anche se...»

«Anche se?»

«Anche se mi mancheranno...».

Fu allora che lei prese la mano di Giacomo e lo portò sul terrazzo della camera, invitandolo ad alzare gli occhi al cielo:

«Le vedi quelle?» chiese indicando tre stelle luminose, che più grosse di altre si stagliavano al centro di una sorta di piccola e imperfetta costellazione.

«Sì, le vedo...» rispose Giacomo con la voce strozzata

dalla nostalgia improvvisa che la voce dei ragazzi gli aveva provocato.

«Loro sono qui con te, e lo saranno sempre. Sei cittadino del mondo, con un cuore d'oro, come quelle stelle».

Nello stesso momento, a Pisa, Marta Luca e Sofia si guardavano in faccia, dopo aver terminato la telefonata con Giacomo.

«Mi mancherà, cazzo» esordì Marta, soffiandosi il naso commossa. La scorza che aveva sempre avuto andava ora frantumandosi: un pezzo di vita si staccava, ma solo fisicamente. Presto tutti si sarebbero rivisti.

«Ehi, vieni fuori, guarda che cielo stanotte!» le disse Sofia, prendendola per mano e asciugandole le lacrime, seguita da Luca, che dopo la telefonata con Giacomo cercava di nascondere la nostalgia che già aveva iniziato a impossessarsi del suo stomaco. Una volta fuori si abbracciarono, alzando la testa.

«Non ne ho mai viste di così luminose...» replicò Marta, con la voce rotta dal pianto. A un tratto una stella, più luminosa delle altre, iniziò a muoversi dal cielo scuro e infinito nel quale era incastonata come una perla, puntando verso di loro.

«Ehi, guardate lì!» esclamò Luca, stregato dal chiarore improvviso che quella cometa aveva generato. I tre seguirono con gli occhi l'astro mentre disegnava una traiettoria arcuata, per poi sparire sotto la linea del loro sguardo.

«Dite che starà ancora volteggiando?» chiese Marta stringendosi ai due amici, come se quei ragazzi fossero tutto ciò che le restava.

«Certo, e lo farà all'infinito, perché nulla finisce davvero per sempre».

Proprio come la loro amicizia: avevano imparato a conoscersi, a supportarsi e a farsi forza l'un l'altro, soprattutto nei momenti più difficili. Il vero collante erano stati loro, non le difficoltà: senza Luca, Marta, Sofia e Giacomo nulla avrebbe avuto luogo e, per giunta, quel cielo luminoso non sarebbe stato così unico, speciale e indimenticabile. Tra i mille dubbi, una certezza ora la avevano: nonostante le distanze, il futuro e gli imprevisti, sarebbero rimasti insieme a lungo.

O meglio, per tutta la vita.

Printed in Great Britain
by Amazon

62595535R00067